La Revanche de Kevin

DU MÊME AUTEUR

Chez le même éditeur

IPSO FACTO, 1998

ACNÉ FESTIVAL, 1999

SPÉCIMEN MÂLE, 2001

O.N.G!, Grand Prix de l'Humour noir et Prix Rive Droite/ Rive Gauche – Paris Première, 2003

LE TRUOC-NOG, 2003

JEANNE D'ARC FAIT TIC-TAC, 2005

LES TROIS VIES DE LUCIE, 2006

THRILLER, 2009

L'ÉCOLOGIE EN BAS DE CHEZ MOI, 2011

L'AMBITION, 2013

Iegor Gran

La Revanche de Kevin

Roman

P.O.L
33, rue Saint-André-des-Arts, Paris 6e

ISBN : 978-2-8180-3561-0
www.pol-editeur.com

Approchez, levez la tête et voyez le colosse : la porte de Versailles, vestibule de l'enfer où l'on entasse la viande du péché, accueille ses victimes consentantes. La queue des condamnés se presse à l'entrée, l'haleine fétide du Léviathan les trempe aux aisselles, et c'est en nageant qu'ils parviennent à se faufiler vers le grand hangar du Temps perdu, où ils vont sacrifier trois heures de leur vie, et, souvent, leur dignité, dans de pénibles pulsations d'hypocrisie.

Ainsi pensait l'écrivain François-René Pradel tandis qu'il plongeait enfin dans le chaudron du Salon du livre qui battait vernissage. Il avait traîné au café d'en face, goûtant un double cognac, retardant autant qu'il pouvait l'affreuse perspective. Puis, résigné, dégoûté de lui-même, méprisant sa vie et celle des autres, il s'était saisi au collet et placé dans le flux, porté par le devoir, la faim de reconnaissance et le réflexe pavlovien que tout écrivain se doit d'avoir à la vue d'un salon littéraire. Derrière la grande vitre sale, encadrée de vigiles, la multitude hébétée brassait le beau monde autour des coupes déjà vides de champagne bon marché. Quelle poisse de se retrouver dans ce cortège, à fendre la foule compacte et sotte !

Pradel n'était pas un inconnu des lettres : à cinquante-cinq ans, il avait une dizaine d'ouvrages publiés, notamment chez Flammarion, Denoël et au Serpent à plumes. Sa carrière pourtant n'avait jamais vraiment démarré, malgré plusieurs succès d'estime et un formidable portrait en pleine page dans *Libération*. Dans la foulée, le roman suivant avait décroché un prix littéraire de deuxième choix, financé par une compagnie d'assurances. Depuis, on l'invitait régulièrement à des manifestations littéraires de province, où il se rendait sans enthousiasme, affichant néanmoins un sourire habilement composé, fait de politesse radieuse où perçait toutefois le rictus du veau qu'on mène à l'abattoir. Il lisait à haute et belle voix des passages de ses textes, flirtait avec les dames du club de tricot, répondait à leurs questions idiotes et sincères, puis se dépêchait de rentrer à Paris, se remettre à l'ouvrage.

Les mois passant, les années s'enlisant, il lui arrivait de penser, désabusé, que la littérature était comme les Jeux olympiques : l'essentiel était de participer, la victoire n'appartenant qu'aux dopés, aux filous et aux monstres. Cette idée, cultivée par sa femme pour le préserver d'une trop grande déception, loin de le consoler, le faisait enrager davantage.

Son dernier manuscrit pouvait casser la machine. Écrit dans un état second tandis que Pradel était en convalescence après une mauvaise chute de ski, il racontait l'histoire d'une femme germanopratine raffinée qui tombe amoureuse d'une étudiante des Beaux-Arts, au corps menu et au pubis noir, irrésistible incarnation d'Aphrodite. L'intrigue érotique, jamais salace, était un prétexte pour édifier par petites touches un vaste miroir à la face de notre époque étriquée, le tout dans un style limpide et efficace, sans ces descriptions ennuyeuses (« torturées », « exigeantes », « personnelles », disait pourtant la critique) ni ces digressions esthétiques qui avaient peut-être handicapé ses œuvres précédentes.

Quel éditeur choisir pour un texte prometteur?... De ses collaborations précédentes, Pradel avait accumulé quantité de frustrations et de micro-humiliations, et il ne lui déplaisait pas de tenter sa chance avec une écurie nouvelle, si possible puissante et prestigieuse. Il se retrouva ainsi sur le stand d'une grande maison, où il papota avec un écrivain qu'il avait déjà croisé aux rencontres littéraires de Manosque. Puis, lançant des ondes bienveillantes aux alentours, dans ce bouillon de vanités où l'on pouvait croiser aussi bien un auteur indémodable qu'un critique littéraire méconnu, il s'employa à enrichir son carnet d'adresses.

Rapidement il fit la connaissance d'un jeune élégant à mèche rebelle qui se montra intéressé d'emblée par sa personnalité littéraire. Il avait lu *La Tentation de la glissade*, un texte dont Pradel était assez fier malgré des ventes médiocres. Au fil de la conversation, il apprit que le jeune homme était lecteur auprès de la grande maison, et, quand on aborda les ambitions futures et le prochain manuscrit de Pradel, il vit le regard de son interlocuteur s'allumer de gourmandise.

Avec la plus grande nonchalance possible, l'écrivain résuma l'intrigue, évoqua les personnages principaux et dit quelques mots de l'atmosphère « lourde et sucrée » qu'il avait voulu obtenir, tout en « travaillant au ciseau ». C'était un brin prétentieux et cliché, mais Pradel était toujours gêné de parler de ses livres, qu'il considérait un peu comme des excroissances intimes de sa personne.

– Je serais extrêmement flatté d'en parcourir les premières pages, avoua cependant le jeune homme.

Comprenant qu'il avait fait une touche, Pradel ne put s'empêcher de penser que le milieu de l'édition était une mare aux requins et que c'était décidément à celui qui arracherait le meilleur morceau. La bonne nouvelle était que les vrais amateurs ne l'avaient pas oublié, il était demandé, ce qui était, somme toute, la conséquence logique de tant d'années d'efforts.

Ils s'explorèrent mutuellement. Le jeune homme s'appelait Alexandre Janus-Smith. On voyait qu'il avait beaucoup lu, avec une préférence pour nos immortels classiques : Proust, Céline. Ils évoquèrent aussi Deleuze, que le jeune homme connaissait bien pour y avoir consacré une thèse.

– Passionnant, Deleuze, disait Pradel, mais il n'en pensait pas moins.

Enfin, quand fut terminé le temps des ronds dans l'eau, Janus-Smith laissa sa carte et pria l'écrivain de lui envoyer ne serait-ce que les premières pages d'un texte qui le faisait saliver.

– Je vous enverrai la totalité, au format pdf, promit Pradel.

Prudent et superstitieux, il laissa passer une semaine, histoire de montrer aussi qu'il n'était pas spécialement demandeur, et rédigea enfin ce mail qui allait peut-être chambouler son existence.

La réponse lui parvint deux jours plus tard.

Elle était dithyrambique. Le jeune homme avait été particulièrement séduit par un rythme « sans pareil », une « musicalité envoûtante et originale ». Il avait lu le roman d'une traite, incapable de s'en détacher pour aller dormir, puis il s'était écroulé de fatigue au petit matin, « épuisé mais content comme après une nuit d'amour ». Au réveil, loin de dessaouler, il s'était encore promené mentalement parmi les personnages « denses et émouvants » dont les tribulations intellectuelles lui rappelaient celles d'un David Foster Wallace, « tout en les dépassant, et de loin », le tout avec « cette sensibilité de gauche [*sic*] qui caractérise votre œuvre ». Pour ce qui était des « aspects pratiques », comme on dit pudiquement, Janus-Smith se demandait si Pradel pouvait attendre quelques jours, le temps de faire lire le texte à d'autres pointures de la maison. « Je n'ose vous demander de nous le réserver en priorité, mais considérez l'option de nos éditions avec bienveillance. »

Pradel montra le mail à sa femme, qui le relut plusieurs fois.

– Tu vois, je te disais bien que je le sens, ce livre, comme quelque chose de grand, de fort... d'inhumain presque, exultait-il sur le ton de la revanche.

– On ne va pas s'emballer, tentait sa femme. Le contrat n'est pas signé. Et il n'a pas parlé de l'avance.

L'écrivain sourit devant tant de candeur mercantile.

– Ce sera une somme standard, dit-il. Ils ont l'habitude, dans une grande maison, et je ne suis pas un débutant.

Ils partagèrent la bonne nouvelle avec leur fille Myriam, jolie louve en école de commerce, et allèrent dîner dans un restaurant japonais.

– Ce qui me fait particulièrement plaisir, disait Pradel en sirotant un saké à trente euros, ce sont les observations sur le style. On voit un lecteur expérimenté. Je l'ai d'ailleurs tout de suite senti quand on a sympathisé au salon. Ce type, je me suis dit, ce type a un flair.

– Pour ta « sensibilité de gauche », il a peut-être exagéré, remarqua sa fille.

– J'ai toujours été de gauche, protesta Pradel. Surtout quand j'étais jeune. C'est une question de principe. Même si mes écrits ne le montrent pas forcément : je n'aime pas étaler ma conscience sociétale.

Puis ils parlèrent du crédit immobilier qu'il leur restait à rembourser pour devenir pleinement propriétaires de leur résidence secondaire en Sologne.

– Une région manifestement sous-cotée, disait Pradel. J'ai hâte d'y être cet été, parmi les vaches, chevaux, mulots. Écrire en regardant la nature tisser son œuvre, ah !

Les jours suivants, grisé par sa bonne fortune, il eut des crises d'inspiration qui le conduisirent à visiter certains de ses anciens textes laissés en plan au stade de l'ébauche.

– Vraiment, je ne comprends pas pourquoi je les ai abandonnés, disait-il à sa femme. Certes, ça ne vaut pas mon dernier, mais il suffit de les étoffer pour en faire un plat de résistance tout à fait convenable.

Cependant, on restait sans nouvelles de Janus-Smith. Devant l'impatience de sa femme, Pradel estima le temps qu'il fallait à un comité de lecture digne de ce nom pour se familiariser avec le texte. Une semaine lui parut trop court. Ils devaient avoir d'autres chats sur le feu, et c'était sans compter sur les vacances, les maladies, etc. Il remarqua justement qu'on était en pleine épidémie de grippe et il rongea son frein.

Du temps passa, son inquiétude se mua en déception, puis en renoncement. Fin avril, cependant, il reçut une réponse. Superstitieux, il fit un signe de croix avant de l'ouvrir.

Contrairement à son pressentiment, les nouvelles étaient bonnes, excellentes même. Le comité était unanime : c'était un des textes les plus forts qu'ils avaient eu entre les mains cette année. Le patron de la grande maison, ponte de l'édition à la renommée en Arc de Triomphe, l'avait parcouru entre deux avions et criait au génie. D'autres, plus ou moins connus, se demandaient si la publication du chef-d'œuvre ne serait pas l'occasion d'une réédition de *La Tentation de la glissade* dans la collection « Classiques de la littérature », et Janus-Smith désirait acquérir les droits pour ce texte, s'ils étaient disponibles, ce qui n'était pas le cas.

Restait toutefois un bémol : le comité n'aimait pas le titre actuel de l'ouvrage, *Ainsi tournent les croix*. On demandait, humblement et en y mettant les formes, s'il était possible que l'auteur envisageât d'en changer. « Un titre plus percutant serait incontestablement un plus pour d'évidentes raisons marketing, écrivait Janus-Smith. Et l'on mettrait toutes les chances de notre côté pour la saison des prix littéraires. »

– Ce n'est pas idiot, abonda sa femme. Pour une fois que quelqu'un prend sérieusement tes ventes en mains. Ce n'est pas chez Flammarion ou Denoël qu'on aurait eu une telle approche pragmatique. J'en ai soupé des doux rêveurs !

Pradel s'attela à la tâche, non sans jouer d'abord à l'artiste incompris, drapé dans sa création. Il défendit son titre originel avec fougue, puis, devant l'insistance commerciale de sa femme, il cessa ces enfantillages et devint une machine à produire des titres : en quelques jours, il en avait une vingtaine. Il en sélectionna cinq, classés par ordre de préférence, qu'il envoya à Janus-Smith. Ainsi nourri, le comité de lecture se mit à réfléchir, ce qui demanda encore trois semaines.

– Dès qu'une décision est collégiale, ça prend un temps fou, expliquait Pradel à sa femme. Sans oublier que la grande maison, c'est une usine à gaz, au bon sens du terme. Nous sommes loin de ces petites maisons où règne le despotisme. Ça rumine dans les tuyaux, ça digère lentement, comme trente-trois chameaux. Mais quand ils tirent, boum ! Ils raflent tous les prix. Que veux-tu, c'est la grande maison.

Il fallait s'y attendre, aucun titre ne fit l'unanimité, loin de là. Janus-Smith s'en excusa assez platement et suggéra lui-même d'autres titres, tous plus déplacés les uns que les autres, au point où l'on pouvait se demander s'il avait lu le livre. Pradel n'eut d'autre choix que de se remettre au travail.

À l'approche de juin, un titre avait fini par être accepté. En revanche, on était sacrément en retard pour une parution en septembre. Pradel s'étonnait aussi de ne pas avoir été invité à la réunion des représentants où, *volens nolens*, les auteurs présentent leur travail.

– Tu devrais le relancer plus souvent, ce Janus-Smith, disait sa femme. Accélérer le processus.

Il ne le sentait pas.

– Ce serait manquer de tact, argumentait-il. C'est la grande maison, tout de même.

Et toujours pas de contrat. Un empêchement de dernière minute, un voyage de Janus-Smith, un salon littéraire au Mexique ou tout simplement un email perdu, classé par erreur dans « spam », et nous voici déjà au mois de juillet, dans la chaleur des vacances, compliquant un peu plus les relations d'affaires. Pradel avait fini par comprendre que la rentrée littéraire se ferait sans son livre. Janus-Smith s'excusait, rejetait la faute sur des secrétaires incompétentes ou parlait de sourdes rivalités, de susceptibilités qu'il fallait ménager au sein du comité de lecture, mais on sentait qu'il se tramait quelque chose de plus grave.

Devant l'insistance de Pradel, il revint avec une nouvelle qui jeta la consternation : certains lecteurs haut placés, sans remettre en cause les qualités littéraires du texte, se demandaient s'il n'y avait pas trop de complaisance envers la narratrice germanopratine. Son franc-parler, ses réflexions à l'emporte-pièce sur la diversité ou le féminisme, semblaient venir des tripes de l'auteur lui-même. Il manquait la « distance nécessaire », l'« appréciation critique ». Résultat, on doutait de l'engagement à gauche de l'auteur. Pire, le terme de « réac » avait été utilisé, ce qui tenait du non-sens. Il suffisait de consulter sur internet les anciennes interviews de Pradel pour se convaincre de l'absurdité d'une telle affirmation.

« Bien entendu, je me suis battu férocement pour prouver votre bonne foi, écrivait Janus-

Smith. Cependant, dans cette optique, une préface serait utile. Pour expliquer le projet, justifier la démarche et clarifier votre vision morale empreinte de tolérance. Marquer en somme votre présence à gauche. »

Le soir, après avoir siphonné une demi-bouteille de whisky par petits lapements désabusés, Pradel résuma la situation à sa femme :

– Je vais les envoyer brouter le fenouil. Il est scandaleux de demander à un écrivain des preuves de sa sensibilité politique. À un *écrivain* ! Les aïeux de la grande maison doivent se retourner dans leur tombe.

– Qu'on le veuille ou non, tu *es* de gauche, le calmait sa femme. Ça ne devrait pas être trop difficile de le faire savoir. En quelques phrases bien senties… Pense aux articles que tu écrivais jadis pour *Le Monde*…

Le mois d'août venu, Pradel partit en Sologne où, maugréant et pétaradant, il finit par bricoler un « texte d'accompagnement » où il expliquait que les positions et propos de son personnage n'étaient pas les siens, loin s'en fallait. Il en profitait pour clamer fort son attachement aux valeurs de progrès, « héritées du siècle des lumières ».

« Ce devrait être bon pour une sortie en janvier, lui répondit Janus-Smith. La rampe de lancement est parée ! »

« Et le contrat ? » demanda Pradel quand le mois de septembre finit par épuiser les marronniers.

Janus-Smith ne répondit pas. Plus tard, quand Pradel envoya un mail avec une « priorité haute » ponctuée de points d'exclamation rouges, il reçut en retour un message d'erreur. L'adresse électronique de Janus-Smith ne fonctionnait plus.

Pradel appela le standard de la grande maison pour s'entendre dire qu'aucun Janus-Smith ne travaillait actuellement chez l'éditeur.

– Il vient peut-être de démissionner, balbutia Pradel. Renseignez-vous, mademoiselle, je vous en supplie, c'est très important.

Devant l'angoisse qui avait dû se propager à travers le combiné, la secrétaire partit à la pêche pendant de longues minutes et revint avec une réponse effrayante. Personne ne connaissait Alexandre Janus-Smith. Personne n'en avait jamais entendu parler.

Dans une atmosphère de crise de nerfs, Pradel et sa femme passèrent la journée à creuser des annuaires sur internet. En vain. On aurait dit que Janus-Smith n'avait jamais existé.

Sa disparition ne fit pas que des malheureux.

Un certain Kevin H. jubilait comme du papier alu au soleil.

– Avec les écrivains, on est chez les frappadingues, disait ce jeune homme sans âge, entre deux éclats de rire. C'est énorme, monstrueux. La vanité du personnage ! Ce narcissisme ! Et en même temps, quelle naïveté ! Et ce prénom débile : François-René. Comment faire prétentieux et plouc en même temps ! Pas étonnant qu'il se soit fait embrouiller avec un prénom aussi cache-pot. Ça nous remplace la vaseline, François-René, ça glisse tout seul, comme le doigt dans la confiture. À peine croyable : un type connu que l'on mène en bateau aussi facilement pendant six mois ! Trente-cinq mails échangés. Mon record, et de loin… Allons dîner !

– Pradel n'est pas si connu que ça, relativisa Charlotte en rectifiant de la paume la mèche rebelle de Kevin.

Ils se posèrent dans une brasserie des bords de Seine, côté touriste. Kir royal, entrée aux lardons, entrecôte Rossini furent engloutis dans la bonne humeur des jeunes gens au sommet de leur forme physique.

Au dessert, notre farceur exhiba les mails comme un trophée. Il en lut quelques-uns en se bidonnant, puis se lança dans la préface, qu'il voyait comme un chef-d'œuvre, *son* chef-d'œuvre. Il l'aurait bien encadrée au-dessus de leur lit s'il n'y avait déjà l'affiche originale de *Taxi Driver*, beaucoup plus esthétique. L'autre côté de la chambre était habillé avec un poster de *Turkish Star Wars*, un nanar désopilant pour amateurs éclairés, et une photo mi-effrayante mi-comique de l'inoubliable Eli Wallach, le cou serré par un nœud coulant, se tenant en équilibre précaire sur une croix branlante[1].

---

1. Les amateurs de profilages psychologiques n'ont pas manqué d'établir des passerelles évidentes entre ces posters et la personnalité trouble de Kevin H. Doit-on rappeler que Travis Bickle, le héros de *Taxi Driver*, est un justicier solitaire, comme l'est Kevin d'une certaine manière ? Et ne sent-on pas dans *Turkish Star Wars* le goût pour la parodie et le second degré burlesque ?... Le fait qu'un jeune homme décore son intérieur d'affiches de cinéma

Charlotte contemplait avec bienveillance cette danse du cannibale repu.

– Il doit être mal, en ce moment, Pradel, dit-elle cependant.

– On n'ira pas pleurer, dit Kevin. Je n'ai rien contre l'homme personnellement, il est même plutôt agréable : sa manière de parler est courtoise et il n'est pas plus hypocrite que la plupart des types avec qui je travaille à la radio. Le problème, c'est son complexe de supériorité inné. Lui et sa caste se prennent pour les gardiens du temple. L'élite. D'où cette morgue faite de clichés appris par cœur, ce dédain quand on émet un avis esthétique qui n'est pas au catalogue de leurs réflexes acquis, cette envie qu'ils ont de mettre des notes à nous autres, simples mortels. Enfin, quand ils nous remarquent.

– Mais tu es toi-même un de ces intellectuels, chéri, remarqua Charlotte. Tu travailles à la radio. Tu lis *Le Monde*.

– Et alors ? Ça ne veut rien dire, la radio, *Le Monde*.

– M'enfin, ne fais pas le bourriquet, tu vois ce que je veux dire. Il y a radio et Radio. Toi c'est Radio, et ce n'est pas pareil que radio, tu le sais bien. Et quand je dis *Le Monde*, ce ne sont pas

---

comme le ferait un adolescent a également donné lieu à de nombreux commentaires.

les mots croisés ou la politique française que tu consommes en priorité. Dois-je te rappeler que tu gardes Deleuze sur ta table de chevet[1].

– J'ai l'apparence d'un intellectuel, je ne le nie pas, mais je sais bien qu'au fond je suis un escroc, Deleuze ou pas.

Il planta sa cuillère dans une profiterole.

– Je connais ma place, dit-il presque sans aigreur. Je suis Kevin. Un Kevin ne peut pas, n'a pas le droit d'être un intellectuel. Il peut être prof de muscu, vendeur d'imprimantes, gérant de supérette, mais intellectuel – impossible. Par son prénom même, Kevin indique une extraction bassement populaire. Une déficience de culture dans sa famille, une perversion des valeurs qui ne manquera pas de rejaillir sur lui, le moment venu, généralement au milieu du collège, et qui l'empêchera de profiter des largesses de l'enseignement républicain, égalitaire pour tous, sauf pour lui. Connais tes limites, Kevin !... Tu ne dépasseras jamais le mollet.

Content de sa démonstration, il s'acharna sur le dessert, puis demanda la carte des liqueurs pendant que Charlotte affichait le sourire en plexiglas de celle qui a déjà entendu dix fois la même rengaine.

---

1. Pierre Descaribes, *Qui êtes-vous, Gilles Deleuze ?*, PUF, 2005.

– D'ailleurs, regarde bien ce que Kevin fait à la radio. Il n'est pas journaliste – comment le pourrait-il avec ce prénom? Non, Kevin est un commercial qui vend de l'espace publicitaire. Mon Dieu, quelle horreur! Regarde mes mains, elles sont salies par l'argent. Touche mon esprit, il est complice du grand méchant loup. Je fréquente des entreprises – tu sais, ces verrues qui vendraient les organes de leurs employés si l'État leur en laissait l'opportunité – et je blanchis leurs monstrueux bébés bâtards en les casant entre nos admirables émissions. J'exagère à peine ce que m'a dit Jérémy, l'autre jour. Si tu savais comme ils honnissent le « secteur marchand », comme ils appellent toutes les activités humaines qui ne sont pas du nombrilisme. Dans la poubelle de l'humanité, je suis à la dernière marche, celle des traîtres. La dame qui nettoie les chiottes de l'étage est mieux considérée – c'est une « travailleuse », un « agent contractuel de nettoyage, niveau un », pas un « vendeur de soupe ». La rédaction fait des efforts titanesques, deleuziens, pour ne pas me le montrer en face. Car ces hypocrites sont bien contents quand je ramène un budget pour parrainer ces pets de radio que sont la météo (« avec Vivazel, complémentaire santé »), le cours en Bourse (« qui dit Bourse, dit Boursoclic ») et les conditions de circulation (« elles vous ont été présentées par le crossover Suzuki »).

Il s'était emporté. Son regard devint flou et se perdit dans le fond de la salle. Il pensait à Pierre Descaribes et à son air de carton-pâte quand il lui présentait les réservations mensuelles des annonceurs, un Pierre Descaribes qui, en trois ans, n'avait pas songé à lui offrir un verre, alors que le moindre journaliste de sa garde rapprochée pouvait se vanter de collectionner de multiples petits gestes d'attention.

– Comme un terroriste dormant, je prends le pli de la société que j'exècre, rigola Kevin en roulant de gros yeux où la désinvolture avait laissé la place à une fêlure personnelle. Je me fonds dans le moule, je deviens comme eux, et soudain : bam ! sur le prétentieux. Comme une tapette à mouches. Quel soulagement !

Kevin avait déjà fait plusieurs victimes, plus ou moins réussies, en fonction du nombre de mails échangés, de la durée de l'illusion, des couleuvres que ces souffre-douleur avaient été prêts à gober. Épinglés dans sa boîte d'entomologiste : un romancier débutant, deux essayistes, un auteur jeunesse, un médecin vulgarisateur, et maintenant Pradel.

Il ne comptait pas en rester là.

Techniquement, le mode opératoire, simple dans sa conception mais sophistiqué quant à la mise en œuvre, commençait à être rodé dans les détails.

Habillé casual chic, le sourire humble, la flatterie aux aguets et toujours prête à se déployer en queue de paon, Kevin astiquait les salons, privilégiant les soirs de vernissage, quand on y croise la fine fleur du monde mélangée à des quidams de seconde catégorie en quête de lumière divine. Le stand d'un éditeur prestigieux est toujours bondé de visages pas forcément connus. Kevin y plonge, Kevin se dissout. La foule est son écran de fumée, l'écume des mondanités son complice. Difficile, dans ce paquet de cartes, de différencier le roi du valet. Impossible de distinguer un écrivain d'un pique-assiette, surtout que, trop souvent, ce ne sont que les deux facettes d'un même personnage. Comment deviner que ce type, que l'on ne connaît pas mais qui présente bien, n'a rien à faire ici, car c'est un Kevin ?

Prudent, il commençait par repérer les responsables du stand, y compris les stagiaires en formation. Il retenait leurs noms et fonctions, puis se débrouillait pour les éviter. Le monde est ainsi fait que les usurpateurs d'identité ont souvent une mémoire prodigieuse, alliée à un redoutable sens tactique pour amener une conversation là où ils peuvent glaner le maximum de renseignements.

Ensuite, il s'occupait de sa proie.

Pas pressé, solide physiquement, intelligent, il pouvait attendre des heures en bavardant tranquillement, comme le crapaud attend la sauterelle égarée. Tout Kevin qu'il était, il avait de la conversation, connaissait bien les biographies de Proust et de Céline, savait placer un vers de Rimbaud, et avait parcouru la presse spécialisée pour être au courant des ragots du microcosme.

Contrairement à la majorité des gens qui se bousculent à ces réunions marchandes aux fausses allures de fête, contrairement aux éditeurs, aux écrivains, aux critiques, il n'était pas là en représentation mais en jouisseur. Il n'avait rien à gagner, rien à perdre, il était étranger, donc libre et décontracté. Champion de poker faisant des paris sur les ressorts cachés de l'âme, espion habilement infiltré, il retirait un plaisir de potache à cette mascarade où la sensation de toute-puissance le disputait à l'envie de se tenir les côtes.

Quand on lui demandait ce qu'il faisait dans la vie (question qui n'est jamais tout à fait innocente et dont le sens véritable est : « en quoi pouvez-vous m'être utile ? »), il façonnait son hameçon à la tête du client, devenant tantôt lecteur pour une grande maison d'édition, tantôt agent littéraire. Par deux fois il s'était fait passer pour un rédacteur de blog influent, et, à une occasion, pour un producteur indépendant à la recherche de livres à adapter au cinéma.

Pour appuyer l'argument, il traînait avec lui une panoplie de cartes de visite imprimées à l'encre dorée sur du papier vergé de couleur sombre, au look minimaliste, synonyme de bon goût et d'élitisme. N'y figuraient que son nom et un bout de rêve : une adresse mail astucieusement composée, où il faisait scintiller le nom d'un éditeur prestigieux dont le brillant éclat suffisait à masquer l'argile [1].

Il ne sera pas inutile de rappeler ici que le fait d'usurper l'identité d'un tiers en vue de troubler sa tranquillité ou celle d'autrui, ou de porter atteinte à son honneur ou à sa considération, est puni d'un an d'emprisonnement et de 15 000 € d'amende – dixit le Code pénal. Cependant, on aura compris que Kevin H. inventait ses identités, et ne rentrait donc pas dans le cadre de cette loi.

Il se concentrait en priorité sur les auteurs de seconde zone, peu ou pas connus, car il savait d'expérience que les frustrations et les vanités froissées montent davantage en pression dans les récipients de petite taille. Le candidat idéal avait

---

1. Il a été établi qu'Alexandre Janus-Smith s'est servi des adresses mail suivantes (liste non exhaustive) : a.janus-smith@editeur-gallimard.fr, janussmith@seuil-litterature.fr, jsmith@fictions-albinmichel.com. À chaque fois, le nom du domaine a été créé par Kevin H. en parasitant celui d'un éditeur connu. Il avait aussi créé une coquille vide nommée USPH – « Un Scénario Pour Hollywood » – avec une carte de visite à l'avenant, où son pseudonyme à consonance anglo-saxonne faisait des merveilles.

changé plusieurs fois d'éditeur (voire de genre littéraire), ses livres paraissaient à de grands intervalles, il était peu invité à la télévision et boudé par les présélections aux prix littéraires.

Dès lors qu'une proie potentielle entrait dans sa ligne de mire, Kevin devenait moustique. Précis et stratège, il se documentait rapidement sur son smartphone, puis choisissait la corde la plus sensible pour y porter le compliment anesthésiant.

Smith était le nom de famille de la première fille qui l'avait déniaisé, une Américaine. Janus lui était venu par hasard, en parcourant un traité de mythologie romaine. Le dieu des portes qui s'ouvrent et des commencements, mais aussi des portes qui se ferment et des culs-de-sac, divinité à deux visages, lui parut correspondre parfaitement à son activité. Il satisfaisait ainsi son goût pour la mise en scène, tout en cultivant un certain grotesque. Pour le prénom, Alexandre, antique et trisyllabique, il en avait toujours rêvé.

Quand la victime tombait dans le panneau et lui faisait parvenir un manuscrit ou un résumé, Kevin prenait un réel soin à distiller l'espoir, procédant par petites gouttes, comme un chimiste délicat, jamais impatient, toujours astucieux et poli. Chaque mail était soupesé comme un bijoutier pèse le platine.

Charlotte s'étonnait gentiment :

– Quelle idiotie de passer autant de temps à une activité qui ne rapporte rien et ne fait pas avancer l'humanité.

– D'accord pour le côté finance, répondait-il. Pas d'accord pour le reste. Mon utilité consiste à donner une leçon d'humilité à ces types qui sont en carence pathologique de recul sur soi.

– Et tu n'es pas gêné par la cruauté de l'exercice ?

– Nullement, disait Kevin. S'ils souffrent (ce qu'il faudrait encore prouver par une dissection et la mise en place d'électrodes adéquates), ils n'ont qu'à s'en prendre à leur orgueil démesuré. Tu remarqueras que je ne leur fais jamais miroiter d'argent par un contrat mirobolant. Je ne les prive de rien[1]. Pendant que je m'amuse avec eux, je ne les empêche pas d'essaimer en envoyant leurs manuscrits ailleurs. Je comprends qu'ils soient déçus, mais pas plus que l'on peut l'être après une rupture

1. L'affirmation est péremptoire mais exacte. Les usurpations de Kevin H. étaient apparemment dépourvues de mobile mercantile. Il n'y avait aucune trace de chantage affectif ni préjudice d'usage (qui aurait pu être établi si, par exemple, il s'était fait passer pour un médecin et qu'il avait soigné un malade bénévolement). Un éditeur aurait pu le poursuivre néanmoins, pour atteinte à l'image de marque et parasitage, la portée d'une telle action judiciaire étant forcément limitée par le nombre extrêmement réduit d'écrivains ayant été abusés (dont aucun n'avait porté plainte).

sentimentale. Dis-toi bien que s'ils ont mal, c'est qu'ils manquent terriblement de légèreté. Alors où est la cruauté ?...

Sur le chemin du retour, il eut toutefois un moment d'angoisse, et, se départant soudain de sa bonne humeur, demanda :

– Tu ne vas pas me dénoncer, dis ?

Charlotte en eut le hoquet :

– Je crois que la boîte à bêtises a trop bu.

– À la radio, s'ils apprennent quoi que ce soit de compromettant, ils n'hésiteront pas à terminer mon contrat.

– Tu trouveras un emploi ailleurs, dit Charlotte avec son bon sens toujours rose. Un commercial, par les temps qui courent, on en a toujours besoin.

– Ce n'est pas si simple, dit Kevin. La radio est un panier de crabes, mais j'y suis bien, finalement. Le travail est facile, et l'on a pas mal d'avantages. Invitations aux vernissages, avant-premières, soldes privées... Salons littéraires.

La radio, écosystème idéal pour un Kevin, semblait-il dire.

– Toutes ces pathologies ! Ce combat des ego. Et moi, dans le marécage, le doigt d'honneur mental toujours dressé, comme un totem personnel en face des rats.

Il sombrait dans la rêverie des justes.

La France commence à produire des Kevin au début des années 1970, au rythme d'une centaine de naissances par an. Ces Kevin-là, les précurseurs, sont des privilégiés – on ne connaît pas encore ce prénom et sa maudite réputation. Tout juste sait-on (pour les plus documentés) que Kevin a un rapport à la culture celte, et c'est cool. Si l'on s'intéresse à l'Irlande, on peut dénicher un saint Kevin, obscur ascète médiéval, patron de Dublin et des merles noirs.

Après les chocs pétroliers, les Kevin entreprennent de monter en puissance. Au début de la décennie suivante, on compte déjà 1 500 nouveaux spécimens annuels, cette multiplication des Kevin accompagnant la mode soudaine pour tout le fatras néoceltique, où l'on fourre aussi bien la légende arthurienne que les sagas scandinaves, popularisées par les premiers jeux de rôle.

Notre Kevin appartient à cette génération. Conçu à l'arrière d'une Talbot Horizon GLS millésimée 1979, né à Meudon, d'un père technico-commercial chez IBM et d'une mère employée dans une agence de voyages où s'est noué le flirt initial, à la faveur d'un déplacement de papa Kevin à une convention informatique à Houston. Pour le prénom, cherchant une consonance plutôt américaine, ils hésitent entre Ronald, Benjamin, Jimmy. Le patron de la division machines à composer d'IBM, très bel homme et promis à un avenir professionnel radieux, leur suggère Kevin. Pour une fille, ils ont prévu Allison.

À la fin des années 1980, quand notre héros court déguisé en Spider-Man dans un jardin à Meudon, l'usine à Kevin s'emballe. L'Amérique, dopée à Spielberg et Reagan, casse le mur de Berlin et le pessimisme des seventies. À Hollywood, les étoiles crépitent : Kevin Costner, un acteur propre sur lui, pratiquant un jeu tout en retenue, fade et consensuel, connaît le succès avec *Les Incorruptibles* en 1987. Viendront ensuite *Danse avec les loups* en 1990, *JFK* en 1991 et *Bodyguard* en 1992. Dans la lucarne de la cérémonie des Oscars, les Françaises découvrent que Kevin Costner porte très bien le nœud papillon. Aucune arrogance dans ses yeux de teckel et une solide charpente de chalet savoyard. Est-ce alors une coïncidence que plus de 14 000 Kevin jaillissent du néant pour la seule année 1991, se classant largement à la première place, devant Alexandre et Thomas, avec près de 5 000 naissances d'avance ? Encore plus étonnant : la même année 25 fillettes se font aussi appeler Kevin(e), phénomène prouvant la portée de cette folie collective.

Hélas l'acteur n'a pas que des atouts : il est aussi profondément provincial. Lourd dans le choix des scénarios, il manque catégoriquement d'humour et d'autodérision, se prend au sérieux comme une tour Montparnasse – au point d'être nominé « Pire acteur de la décennie » aux Razzie Awards où seule la présence de Sylvester Stallone le sauve in extremis de l'infamant trophée. C'est un ringard sans espoir ni panache, un boulet pour les pauvres garçons qui portent son nom.

Ils sont à peine nés, ces Kevin, qu'un autre vent mauvais vient encore plus torpiller leurs chances. La vogue des boys bands couvre les chambres des adolescentes de posters ridicules où se distinguent les Backstreet Boys, cinq éphèbes aux sourires impeccables qui vendront plus de 130 millions d'albums dans le monde. L'un d'eux s'appelle Kevin.

C'est l'antidote. Les yeux s'ouvrent. On découvre soudain que les Kevin ont tous les défauts du monde. Ils deviennent des symboles de mauvais goût, de beaufitude, de superficialité. Un marqueur social de la médiocrité crâne, car on croit savoir quelles familles sont suffisamment sottes pour se laisser dicter leur vie par l'Amérique et Hollywood. Quand on rencontre un Kevin, on se plaît à y lire la grossièreté texane, la roublardise péquenaude du Kansas, la suffisance de la côte est et l'imbécillité heureuse de la Californie. Il y a autour des Kevin comme un parfum de maîtresse d'officier allemand, et l'on est à deux doigts de les tondre – c'est ainsi que le vit notre Kevin.

Comment pourrait-il en être autrement quand, en classe de seconde, en rendant sa copie de français, le prof se permet d'annoncer un sept sur vingt ponctué d'un : « Franchement, vous nous avez encore fait du Kevin. Branchez le cerveau, mon vieux. » La remarque fait le tour du lycée, puis se colle dans son dos comme un méchant poisson d'avril qu'il ne pourra plus enlever. À partir de cet instant, chaque ânerie qu'il dit, dans quelque matière que ce soit, est magnifiée hors de proportion. Chaque faute d'inattention devient une preuve supplémentaire de sa débilité légère et un carburant dans la machine à égratignures. Ses notes, plutôt bonnes, sans jamais être excellentes, ne changent rien à ce statut : il est Kevin. Développant une hypersensibilité à son prénom, voyant vexations et railleries dans nombre de blagues innocentes qui n'ont rien à voir, il couve un méchant complexe.

Quand il est en classe prépa, une bande dessinée idiote fait un tabac auprès des jeunes gens de son âge. *Les Aventures de Kévin* est un fascicule d'une cinquantaine de pages, sorti aux éditions du Pendule et distribué en street marketing par les étudiants eux-mêmes. Le livre raconte les tribulations à la fac d'un jeune benêt inculte, drogué aux jeux vidéo bovins, tels que Doom, et collectionnant projets foireux, plantages d'examen et drague maladroite. Kevin fait remarquer à ceux qui le chambrent que son prénom ne s'écrit pas avec un accent aigu, et qu'il y aurait de ce fait un fossé entre ce Kévin francisé et lui, le Kevin celtique, sans convaincre, évidemment. Il devra subir encore *La Suite des aventures de Kévin* et *Kévin, le retour* avant que l'éditeur dépose le bilan et que cessent les nuisances.

Là-dessus, il constate de lui-même, devant les premières baffes de la vie, qu'il paraît moins bien armé que nombre de ses camarades. Il ne parvient jamais à décrocher les meilleurs stages. Les bons plans passent systématiquement à côté de lui, que ce soit l'appart à louer ou le scooter d'occase. Quand il fait les soldes, il rate toujours la paire de chaussures qui lui plaît. C'est une malédiction passagère, un mauvais alignement des étoiles qui finira par s'estomper, et même à s'inverser, mais Kevin le comprend autrement. Il sait, lui, pourquoi il manque ces quelques grammes de chance aux moments clés de son existence. Il prend pleinement conscience de son handicap. Que celui-ci soit en grande partie imaginaire ne le rend pas moins difficile à porter. Quand on s'est conditionné en Kevin, on le devient, c'est obligé.

La société, dans un lâche retournement de tendance, l'abandonne aussi. Les Kevin cessent brusquement de naître. La mode est passée. Maintenant c'est les Nathan qui déferlent, venus de nulle part (pas de Fernand Nathan, quand même). Quand il contemple les statistiques, Kevin pense amèrement qu'il n'a été qu'un épiphénomène, comme le Rubik's Cube ou les disques de Jordy.

Au cinquième étage du grand bâtiment circulaire où l'on trouve la radio, aux confins d'un open space baignant dans la lumière, parmi les écrans plats des ordinateurs canalisant l'activité humaine, se dresse l'imprimante professionnelle grand format dont se sert Kevin pour fabriquer ses cartes de visite, à midi ou le soir, quand il y a moins de monde. Pour masquer son activité, la carte est montée sur la même image qu'une brochure promotionnelle pour la radio, puis elle est effacée du fichier dès que l'impression est terminée. Il ne lui reste plus qu'à récupérer les brochures, où, noyée dans les tableaux des audiences cumulées, se promène sa petite touche personnelle qu'il découpe ensuite au cutter. Les tirages n'étant pas importants, le risque de se faire attraper est minime.

Le papier vergé est conservé dans une grande armoire à fournitures, corne d'abondance où l'on trouve aussi gommes, crayons, surligneurs. Depuis trois ans, dans le cadre du plan d'économies de frais généraux, on parle sérieusement de réduire les achats de ces papiers coûteux, mais Kevin se débrouille toujours pour prouver leur utilité à un Pierre Descaribes qui se sert lui-même de l'armoire magique, deux enfants au collège obligent.

Un peu de temps à l'imprimante et quelques feuilles de papier : c'est tout ce que les farces de Kevin coûtent à son employeur[1]. Quand il écrit ses mails, c'est toujours pris sur son temps libre, ou à midi. La plupart de ses collègues n'ont pas autant de scrupules. Marie-Louise ne se prive pas de faire du shopping sur internet pendant ses heures de bureau, Jérémy photocopie des liasses de papiers administratifs personnels. Le jour où la machine à café est tombée en panne et s'est mise à cracher des cappuccinos gratuits, c'est tout l'étage qui faisait la queue pour profiter du système, sauf Kevin.

Quand il y pense, il éprouve une grande satisfaction.

---

1. Le lieutenant de police Gérard Rouche a estimé à 250€ le préjudice total subi par la radio en trois ans d'activité.

« S'il y avait davantage de Kevin à la radio, on réduirait considérablement les dépenses et le temps perdu », se dit-il souvent.

Beau programme, mais il est le seul Kevin, à sa connaissance.

Juste après son embauche, il avait parcouru l'organigramme à la recherche d'autres spécimens, sans résultat. Tout semblait indiquer que la radio était imperméable aux Kevin. Lui ne devait son CDD qu'au piston de son oncle, journaliste assez connu, qui avait chanté ses louanges aux oreilles de Pierre Descaribes. Celui-ci, pensant stratégiquement, s'était dit que l'oncle pourrait lui servir plus tard dans un traditionnel numéro de renvoi d'ascenseur, et comme il avait de toute façon besoin d'un vendeur d'espace publicitaire, affaire fut faite.

– Et vous écrivez, jeune homme? avait demandé Descaribes. Ici, tout le monde écrit, même le stagiaire à la photocopie. La radio est un média citoyen. C'est ça, le journalisme moderne. Polyvalence. Maîtrise des techniques nouvelles. Enthousiasme.

Kevin mentit que oui, il écrivait un peu.

Comme tout un chacun, il avait tâté de la prose.

– Tâchez de vous y mettre davantage, dit Descaribes. Développez votre plume. Qui sait? Peut-être serez-vous un jour aussi connu que votre oncle.

Pour l'instant, vous vous occuperez du service « parrainage et publicité », mais en cas de coup de canon, on doit être tous sur le pont. Efficacité. Globalité. Ah, et aussi : ici, tout le monde s'appelle par le prénom. Convivialité. Moi, c'est Pierre.

– Ké... Je m'appelle Kevin.

Il vit alors Pierre tiquer nettement – ou était-ce un mirage ?

Avec sa sensibilité à fleur de peau, Kevin se mit à cocher des cases dans un calepin à chaque fois que Descaribes mentionnait son prénom, et il ne put que constater, statistiques à l'appui, toutes sortes de petites vexations[1]. Intentionnellement ou non, on disait « Kevin » moins souvent que « Marie-Louise », « Jérémy » ou « Olivier », employant à la place toutes sortes de périphrases, lui donnant d'un « chef » manifestement ironique alors qu'il n'était là que depuis peu. On disait aussi « responsable annonceurs », dont l'aridité toute bureaucratique était chargée de glace.

---

1. Ce calepin a été retrouvé par Charlotte : Kevin y a effectivement consigné, pendant six mois environ, des remarques comme « aujourd'hui zéro K [Kevin] » ou « Jérémy a été invité par PD [Pierre Descaribes] au vernissage Lucian Freud, Beaubourg ». Il ajoutait aussi des remarques sur les habitudes de ses collègues, comme s'il se constituait une documentation. Exemple : « Marie-Louise garde dans son bureau un téléphone fixe Alcatel vieux modèle. » Au fil du temps, les notes se font plus rares, puis s'arrêtent, sans doute par lassitude.

– Bonjour Olivier, disait Kevin le matin, en arrivant.

– Ah! salut, chef, répondait Olivier avec une bonhomie où Kevin décryptait de blessants sous-entendus.

Ou bien :

– Personne n'a vu le responsable annonceurs ce matin? On a besoin d'un bilan trimestriel. Planification. Rigueur.

– Je suis là, Pierre, disait Kevin tandis que montait un picotement de déception.

Le lendemain de son recrutement, sur le mur d'affichage en liège, on vit apparaître son nom et sa photo, sous la mention « nouveaux arrivants, réservons-leur le meilleur accueil ». Quelques jours plus tard, une main inconnue, férue d'orthographe, souligna au bic rouge le prénom Kevin, et y ajouta un accent aigu rageur qui n'avait pas lieu d'être.

Sur ce même mur, à côté des résultats aux dernières élections syndicales, des « propositions CE » du comité d'entreprise, des horaires du secrétariat pour acheter les cartes de cantine et de diverses informations capitales sur la tombola de Noël, Kevin mit une petite annonce pour un studio qu'il cherchait à louer. Il y trouva aussi un scooter Piaggio d'un rapport qualité-prix correct, même si, à l'usage, il s'aperçut vite d'un grave défaut de carburateur.

Après la période d'essai, quand il fut suffisamment intégré, il se permit une gentille blague qui fit brusquement monter sa popularité vers des sommets, où elle stagna, avant de retomber. Sur un coup de tête, il épingla une fausse annonce où il disait « rechercher d'urgence magicien/magicienne pour transformer les bourrages papier de la photocopieuse en rouleau tout propre pour les toilettes du 5e étage, en déficit chronique ».

Ce n'était pas la blague la plus fine de l'univers, mais à la radio elle fit fureur. On se réunit devant le mur d'affichage en se tenant les côtes. On spécula sur l'auteur anonyme qui avait osé cette saillie. On pensa d'abord que c'était Olivier, dit l'Olive, le plus extravagant du service, mais devant ses dénégations un peu gênées, on chercha d'autres pistes. Un Sherlock à l'œil exercé remarqua que l'écriture était la même que dans l'annonce pour l'appartement. Alors on comprit, on se rua vers Kevin, on le félicita.

– Punaise, c'est toi ? s'étonnait Olivier comme si un tel prodige d'humour était incompatible avec ce qu'il savait de Kevin. Chapeau, le chef !

– Ah ben ça, si c'est une surprise, disait Marie-Louise. Un garçon qui a l'air si timide. Méfiez-vous de l'eau qui dort. (Puis, en baissant la voix et en serrant l'avant-bras de Kevin pour passer en mode confidentiel :) Tu as bigrement bien fait. Qu'est-ce que c'est envoyé ! Quand la direction générale verra ça, ils en feront une tête, eux qui économisent sur chaque bout de bougie, ces technocrates qui tendent leurs bras vers notre armoire à fournitures. La rentabilité, ils n'ont que ce mot à la bouche. Rentabilité de mes ovaires, oui, si tu me passes l'expression[1].

Même Pierre Descaribes eut un mot d'encouragement :

– « Magicien », « magicienne », c'est bien vu. Concision. Du bon mot l'épure.

Ainsi, tout Kevin qu'il fût, on l'accepta en fermant charitablement les yeux sur sa différence.

---

1. Marie-Louise Z. dira à propos de Kevin : « Niveau relations, il était capable du meilleur comme du pire. Parfois très chaleureux, voire complice, il se montrait à d'autres occasions distant, comme s'il avait déjà dix livres publiés, alors que, franchement, il n'y avait pas de quoi. »

Cependant, dans ce temple tout entier dévoué à la cause journalistique vue comme un immaculé sacerdoce, la vente de l'espace publicitaire dont il était chargé ne provoquait au mieux qu'indifférence, au pire du mépris et une hostilité sourde – chez Jérémy, notamment –, attitude qui rejaillissait forcément sur Kevin.

S'il annonçait, content de lui, qu'il avait réussi à placer plus de parrainages qu'au trimestre précédent, Marie-Louise le regardait comme s'il avait blasphémé en pleine liturgie, Olivier soupirait et levait les yeux au ciel dans une prière muette adressée au dieu du service public, et Jérémy éructait entre ses dents :

– Y a pas à dire, notre radio fait bander les michetons. Quand je pense que chaque euro que tu fais rentrer donne des arguments à ceux qui voudraient nous aligner sur les pires dérives du privé, ça me les coupe.

Et il serrait les poings, prêt à se battre.

Quant à Pierre Descaribes, en social-démocrate véritable, il ménageait la chèvre et le chou, et même s'il sentait son cœur battre du côté de Jérémy, qui lui rappelait sa jeunesse, il n'en cochait pas moins avec satisfaction quelque tableau financier en y plaçant une flèche fièrement dirigée vers le haut, document qu'il faisait suivre à la direction générale.

– Les recettes publicitaires sont un signe indiscutable de la qualité de notre programmation. Information au cordeau. Intransigeance éditoriale.

En bon manager, il cherchait à intégrer Kevin à l'équipe, à l'impliquer dans des « projets transversaux » d'enquête et de rédaction, et lui demandait instamment de lui montrer ce qu'il écrivait.

Car à la radio, effectivement, tout le monde écrivait. C'était une activité permanente, et presque inconsciente, comme la respiration. Chacun avait un ou plusieurs ouvrages publiés, un ou plusieurs ouvrages en train de mijoter au four. À la cantine, une fois expédiés les médisances et potins liés à la radio, quand on en avait assez de mâcher la vapeur de l'actualité en commentant les petites phrases des hommes politiques, on parlait écriture, éditeurs, quatrièmes de couverture et à-valoir.

Marie-Louise avait publié une enquête sur les OGM aux éditions du Trèfle, et travaillait maintenant sur le scandale sanitaire de l'obésité dans les pays pauvres. Olivier rédigeait des comptes rendus de documentaires, qu'il casait dans une collection parrainée par Arte, et lorgnait du côté de la poésie formaliste. Jérémy avait placé un manuscrit de philosophie trash chez la Règle d'Or, il collaborait aussi à un blog littéraire.

Le champion incontesté de l'écriture restait Descaribes, qui avait contribué à une vingtaine de livres, et écrit lui-même une dizaine, dont la fameuse monographie de référence sur Deleuze[1], une autre sur Marcel Duchamp, et plusieurs romans. Dans les années 2000, ses préfaces avaient orné pas mal d'ouvrages « exigeants », dans des domaines variés et pointus, tels que la philosophie, les arts plastiques et la psychanalyse appliquée – parfois, Kevin les retrouvait chez les bouquinistes des quais.

Tout le monde écrivait, sauf Kevin. Cette particularité le mettait à part dans le troupeau, renforçant son sentiment d'exclusion et son complexe d'infériorité, tandis que les autres ne se privaient pas de parader devant lui.

– Le premier texte est le plus difficile, s'époumonait Descaribes à la moindre occasion. Appréhension. Doutes. Insomnie. Ensuite, quand on a vaincu sa peur, c'est comme la bicyclette. Transcendance.

Un jour, à la cafétéria, il raconta l'histoire suivante, censée motiver Kevin sur le chemin de l'écriture et de l'acceptation par ses pairs, histoire qui eut un effet incalculable sur le jeune homme en ouvrant ses yeux sur un monde de faux-semblants où il trouverait si bien sa place[2].

---

1. *Qui êtes-vous, Gilles Deleuze ?*, *op. cit.*

2. Des bribes de cette histoire figurent également dans le calepin. Interrogé à ce sujet par le lieutenant de police, Pierre Descaribes confirmera dans les grandes

Quand il était encore étudiant à l'École normale supérieure, Descaribes avait composé un petit essai dans le goût de Nietzsche, tapé à la machine en cinq exemplaires (« vous souvenez-vous, mon petit Kevin, de ce que l'on appelait le papier carbone ? »). Persuadé que les éditeurs l'attendaient comme manne du ciel et voulant économiser les frais d'envoi par la poste, il tenta de le montrer à la Foire du livre de Brive, un des premiers salons à l'époque. (« Ce n'était pas une bonne idée, mais bon. »)

Après avoir essuyé une dizaine de refus et de mines d'outre-tombe, il tomba sur un grand roux, le nez en trompette et les yeux malicieux, qui lui suggéra d'aller de sa part au stand B11 et de demander M. Basile.

C'était déjà un pied à l'étrier. Ne pas venir de la rue mais recommandé par quelqu'un, évidemment, augmentait considérablement les chances d'être publié. Il se rendit donc au stand B11, demanda M. Basile et s'entendit répondre (avec un sourire d'encouragement) que ce n'était vraiment pas de chance car M. Basile venait de partir pour le stand M12 où il rencontrait un jeune auteur plein de promesses. Qu'à cela ne tienne, le jeune Descaribes

---

lignes ce récit fondateur, tout en minimisant son propre rôle dans sa diffusion.

poursuivit M. Basile au stand M12, pour constater que l'homme « qui était là il y a un instant » avait maintenant un rendez-vous urgent au stand A9. Il s'y rendit mais l'insaisissable M. Basile avait déjà filé vers d'autres cieux.

Ayant enfin compris qu'on lui faisait faire une sorte de bizutage en le baladant de stand en stand, il revint vers le grand roux et ils en rirent ensemble, autour d'un verre jaunâtre. Le facétieux personnage présenta ses plates excuses : le jeune âge de Descaribes et l'ennui sidéral du salon les avaient poussés à ce petit jeu innocent, lui et ses collègues encalminés dans la monotonie. « M. Basile » était un code qu'ils avaient mis au point au cours des interminables salons des années précédentes, destiné à repérer tout de suite le bleu-bite. Toute expérience est bonne à prendre, répondit Descaribes, sincère. Le grand Nietzsche ne l'aurait pas envisagé autrement, et la moindre des élégances était de se montrer à la hauteur de son illustre source d'inspiration.

Le soir, en rentrant de la Foire, Descaribes jeta l'essai à la poubelle – il avait mûri brusquement.

Ses textes suivants furent envoyés par la poste (ou remis de la main à la main, après un déjeuner dans le Quartier latin). De toute cette aventure, il ne garda ni flétrissure d'amour-propre ni aigreur. La preuve : il la contait spontanément, comme on étale ses classes au service militaire ou les premières défaites amoureuses, faites de maladresses et de pichenettes sans conséquences, bâtissant par effet de contraste sa propre mythologie. Elle servait maintenant à mettre en valeur, avec la perspective des années, son parcours fait de livres édités, elle lui permettait aussi de prendre une attitude de singe alpha quand il parlait littérature avec les jeunes.

C'était peu dire que Kevin fut impressionné par ce récit fondateur. Il n'en retira cependant aucune motivation supplémentaire pour se mettre à écrire. Non, ce qui le fascina davantage était la désinvolture du grand roux, sa liberté de jongler avec les ambitions littéraires des naïfs, son magnétisme décomplexé et hypnotique.

Quant à M. Basile, il emménagea carrément chez Kevin. Ils eurent ensemble de passionnantes conversations où ils abordèrent les méandres du jeu des masques, les subtilités du paraître et les arcanes de la mythomanie légère, si courante chez les hommes de lettres.

Ce fut aussi grâce à la radio que Kevin eut l'occasion de fouler son premier salon littéraire à la porte de Versailles. Ils s'y rendirent en équipe, après le travail. Compte tenu de l'implication de chacun dans le monde de l'édition, il était impensable de ne pas y aller, comme il est impensable pour certains de rater la messe de Pâques, et pour d'autres le salon des vignerons ou celui de la voyance.

Sur le chemin, on parla projets, personnalités à rencontrer, contacts à renouer après un hiver trop long où l'on s'était perdus de vue. Tous avaient une anecdote à raconter sur le salon de l'année précédente, on riait beaucoup, on critiquait le carton d'invitation moche et mièvre, on se demandait, en gloussant d'un air entendu, si l'on verrait le ministre de la Culture et si ça produirait le même tintamarre que lors d'une fameuse visite d'on ne savait plus quelle année, où d'aucuns tristes sires avaient refusé de lui serrer la main pour des raisons dont on se contrefichait aujourd'hui.

Cependant, tous transportaient dans leur sac des échantillons de leurs anciens ouvrages qu'ils pourraient exhiber, voire semer comme des graines dans la bonne terre fertile des éditeurs, des journalistes, des libraires réceptifs.

Plus ils s'approchaient de la porte de Versailles, plus on sentait des signes de nervosité. On cessa brusquement de parler et l'on se mit à relire de longues listes de noms notés sur des fiches bristol. Le sourire de Pierre Descaribes se figea comme sur une photo de classe et ce fut en vain que Kevin voulut savoir sur quels stands il pourrait les retrouver plus tard : on lui fit comprendre qu'une fois sur place, c'était chacun pour soi, il était hors de question pour une Marie-Louise ou un Olivier, et encore moins pour Pierre Descaribes, de s'encombrer d'un pot de colle, nommé Kevin qui plus est.

« C'est un endroit sacré auquel ils tiennent vraiment », en conclut-il non sans finesse. Pourtant, c'était étrange, ils n'en disaient que du mal. On n'était pas loin de la schizophrénie.

– Profites-en pour te ressourcer, suggéra Descaribes en lui administrant une tape paternaliste.

– Et si tu t'ennuies, passe sur le stand Dunod, dit Marie-Louise sans penser à mal. Ils ont de bons livres de management.

– Il y a aussi les éditions du Gagneur, et la série « Pour les nuls », rigola Olivier. Peut-être auront-ils un vade-mecum pour les pubards.

Kevin comprit les sous-entendus et moula sur son visage une grimace qui se voulait de circonstance. Puis on le lâcha et on l'oublia dans la seconde. Il se perdit dans la foule faisant du surplace dans cette chaleur étouffante qui commençait dès la rame bondée du métro, puis se déversait dans l'escalator, traversait la rue et piétinait à l'entrée du salon, butant sur l'entonnoir saturé, chacun essayant de grignoter une place ou deux pour aller plus vite, le carton d'invitation en évidence comme un billet de la loterie divine.

« Je me demande combien il y a de Kevin ici », pensa-t-il tandis qu'on le bousculait. Il fit exprès, en reculant, d'aplatir méchamment un pied, qui cria.

Il s'en voulut aussitôt – qu'est-ce qu'un pied écrasé, franchement ? Mesquin et gratuit. Il eut le pressentiment qu'il avait mieux à donner que ces basses œuvres. Ici, dans l'antre des ambitions littéraires préfabriquées, quand on lui tendit sa première flûte à champagne sans champagne (le précieux liquide ayant été asséché depuis longtemps, s'il eut jamais existé), puis, quand il dériva entre les groupes butinant le VIP, le patron de presse, l'éditeur flamboyant, il comprit soudain que ce n'était pas le hasard qui l'avait mené jusqu'ici, ni la force d'entraînement de ses collègues, mais un alignement particulier des planètes, arrangées en tapis d'apparat pour lui seul.

« Je suis l'unique Kevin ici-bas », comprit-il. Dans toute cette foule, pas un seul autre Kevin !

Ce salon était son salon, tous ces gens étaient là pour lui, la porte de Versailles avait été spécialement bâtie pour qu'un jour un Kevin y mît les pieds, ignoré de tous mais conscient, lui, de sa spécificité.

Il procéda immédiatement à la vérification de son hypothèse.

– Bonsoir, je cherche Kevin, faisait-il à chaque stand d'importance en accostant quelque subalterne. (Le subalterne est celui qui semble disponible, ouvert sur l'accueil. Accessoirement, il entasse les manteaux des autres dans un minuscule cagibi en contre-plaqué.)

On le regardait avec bienveillance. (Il aurait pu être un écrivain, un libraire, voire un fonctionnaire du ministère de la Culture.)

– Il n'y a personne chez nous qui s'appelle Kevin. Désolé. Voulez-vous notre catalogue ? (Quel rapport entre un hypothétique Kevin et un catalogue ?)

D'autres fois, on hésitait :

– Kevin ? Attendez… Ça me dit quelque chose. Ce n'est pas le manutentionnaire qui a installé les murs ?… Non ?… Ou le type des boissons ?…

Par curiosité, on faisait venir le type des boissons, pour s'apercevoir qu'il s'appelait en réalité Patrick, un prénom que Kevin avait toujours trouvé moche et désuet, même s'il partageait avec lui certaines origines celtes.

Une fois pourtant, il fut mis en difficulté :

– Et vous êtes ?…

Cette question banale le prit au dépourvu. Il dit la première chose qui lui passa par la tête.

– Pierre. Pierre euh, Descaribes.

Il ne pouvait tout de même pas avouer qu'il s'appelait Kevin.

– Ah, c'est vous ? s'étonna-t-on. Ça par exemple ! Je vous connais très bien. J'écoute parfois « Une caboche à neurones », les samedis, quand je conduis ma fille à ses cours de danse… Ophélie, viens que je te présente, c'est Monsieur Descaribes de la radio, tu sais, l'émission… Dites donc, vous ne ressemblez pas du tout à votre voix, je vous imaginais plus… plus… enfin…

– Plus vieux ? s'amusa Kevin. Ne rougissez pas, on me le dit souvent. C'est la musculation qui fait ça, d'une part, et, d'autre part, un régime spécial à base de plantes sud-américaines.

Ainsi, pour sa première usurpation d'identité, Kevin récita un article qu'il avait lu sur un blog nutritionniste.

Il fut brillant. Taquin, mais pas trop. Digne, suffisamment. Crédible, naturellement.

Comme par magie, tiré d'une cachette secrète, du vrai champagne coula dans son verre. L'éditeur le présenta à plusieurs écrivains qui traînaient dans son écurie – connaître un journaliste haut placé à la radio pouvait avoir du sens. On lui donna du « cher ami », ce qui ne manquait pas de surprendre car Pierre Descaribes n'était pas ce que l'on appelle une vedette, juste un médiocre Sisyphe qui a usé sans compter ses paumes et la brosse à reluire, avec suffisamment de stratégie toutefois, voire de malice, pour grimper astucieusement le bananier.

Le champagne aidant, les courbes d'une stagiaire qui virevoltait sous ses yeux poussant à une certaine surenchère, Kevin se lança dans la description de ses projets futurs, très ambitieux pour la radio, avec une grille des programmes tournée vers la promotion de nouveaux talents, tant journalistiques que littéraires, tout en « gardant intact le socle qui fait nos valeurs », cette expression étant tirée d'un tract syndical qu'il avait vu le matin même.

Kevin ne put s'empêcher de penser que le vrai Pierre Descaribes, s'il avait été à sa place, aurait moins bien joué son propre rôle. Il se serait enfermé dans ce ton sec et soporifiquement condescendant, très dommageable à une conversation vivante. Il se serait fait des ennemis, tandis que Kevin, ouvert et généreux en anecdotes, subjuguait dans l'aisance.

Il se demandait combien de temps il pourrait tenir, et, du coin de l'œil, surveillait les allées pour se sauver si d'aventure le véritable Pierre Descaribes se manifestait. (Aucune chance. Descaribes était coincé sur le stand du *Monde*, où il badinait avec un cadre du Conseil supérieur de l'audiovisuel.)

Comme dans bon nombre d'activités humaines, la transgression accentuait le plaisir. « Ils ne s'en rendent pas compte mais ils parlent à un Kevin, se disait-il en jubilant. Depuis quarante minutes, ils font des révérences à un type qu'ils auraient toutes les raisons de mépriser. » À sa satisfaction se mêlait une pointe d'orgueil qu'on aurait déjà pu qualifier de professionnel : malgré le champagne et les courbes tendues des jeunes femmes, il ne surjouait pas son rôle. Concentré et méticuleux, il brodait un redoutable papier tue-mouches où ces imbéciles s'enlisaient.

Le sommet fut atteint quand un des écrivains le prit à part, et lui demanda sur le ton de la confidence s'il pouvait lui offrir un de ses livres dont les pages « feraient d'excellentes chroniques pour la matinale ».

– C'est un texte d'une grande oralité, insistait l'écrivain. Quand vous me lirez, Monsieur Descaribes, pensez « radio » et vous verrez, ça fonctionne admirablement.

Il lui tendit sa carte de visite et demanda :

– Et vous, Monsieur Descaribes, comment puis-je vous joindre ?...

Kevin comprit que le moment était venu de plier bagage s'il ne voulait pas s'attirer des ennuis. Aussitôt il devint moins affable, limite cassant (comme un véritable Descaribes). Quand il prit le livre, son visage exprima froideur et dégoût. Il fit une remarque sexiste sur le titre, puis une autre sur la nouvelle collection de l'éditeur, qu'il compara à un bouchon sur le boulevard périphérique.

– Votre positionnement est en décalage manifeste avec notre époque et ses attentes, lança-t-il, péremptoire.

Comprenant soudain qu'il pouvait se lâcher en toute impunité et qu'il aurait même une jouissance particulière à le faire, il conclut d'un :

– Je n'aurais jamais pensé que l'on pouvait investir son argent dans une danseuse estropiée à ce point. Vous avez bien du courage, à moins que ce ne soit de l'acrimonie. Originalité avariée. Pizza douze fromages.

L'instant d'après il avait disparu, laissant ses interlocuteurs éventrés de stupeur[1].

Le soir, Charlotte s'étonna de le voir de si bonne humeur. Ils firent l'amour furieusement, comme des bêtes joyeuses qui se seraient échappées du zoo.

---

1. Grâce à des recoupements, il a été possible d'identifier l'éditeur en question. Interrogé par le lieutenant de police, son directeur commercial se rappelait très bien de l'incident, « assez traumatisant », et du magnétisme de Kevin H., « un manipulateur hors du commun car on y a tous cru ».

Charlotte était mon prénom coup de foudre. Depuis que je suis petite, j'ai toujours dit si j'ai une fille je l'appellerai Charlotte. Il y a quelques années est née ma fille que j'ai appelée Charlotte, je pouvais pas faire autrement. Je le regrette pas. Elle le porte si bien !

Elle est très têtue, elle sait ce qu'elle veut et lâche pas l'affaire. Mais c'est aussi un prénom plein de charme et doux. Elle est si tendre ! Elle aurait aimé que je l'appelle Océane. Si c'était à recommencer ça serait encore Charlotte. Quand elle est allée au collège, il y avait déjà trois Charlotte. Elle était contente de voir qu'elle était pas la seule qui portait son prénom.

Comme moi, Charlotte aime cuisiner. Il y a des plats qui s'appellent charlotte, des desserts. Ils sont toujours appréciés en fin de repas. On utilise habituellement des boudoirs ou des biscuits cuiller que l'on imbibe de sirop de fruits. Charlotte cuisine beaucoup pour son copain, je crois qu'il l'aime aussi pour son gratin de macaronis à la béchamel, même s'ils mangent pas que ça. Méfiance, rapport au cholestérol en excès dans l'organisme. Parfois on devient vite en surpoids. Jeune, j'ai fait des complexes mais maintenant je m'accepte mieux et je dis à Charlotte que les kilos ça empêche pas d'avoir une vie sentimentale, ni de faire des bébés, quand c'est pas camion-citerne, évidemment.

Son copain s'appelle Kevin, c'est américain comme origine. Ils sont ensemble depuis que je suis à la retraite, ça fait cinq ans. Charlotte m'appelle un jour et dit : je peux venir dimanche avec un ami? Kevin est un garçon renfermé. Il fait de l'audiovisuel quelque chose comme ça. Son père est mort dans un accident de voiture et sa mère s'appelle Raymonde, elle est pas très fute-fute depuis. J'ai compris tout de suite que c'est sérieux entre eux. Il lit beaucoup, on dirait Marie-Odile, du magasin de vêtements de sport. Mais Charlotte, elle, c'est un prénom facile à vivre.

Charlotte, on le sait pas forcément, est souvent cité dans les carnets mondains de la noblesse. Kevin s'est renseigné, il est très heureux avec Charlotte de ce point de vue. De tout temps il y a eu des Charlotte, c'est comme les truffes. Le classique, ça bouge pas, dit Kevin. C'est solide comme un sommier normand en fonte. Je crois que c'est parti pour durer, leur couple, depuis cinq ans qu'ils sont ensemble. Tu vois, je dis à Charlotte, si je t'avais appelée Océane ou Azalée, comme la fille de Marie-Odile, tu serais où maintenant ? Pas dans votre appartement à Malakoff. Sans parler des études de pharmacie.

C'est un prénom indéformable. Il vieillit avec l'enfant sans être tarte. Ma Charlotte est super et je l'adore, elle et son prénom Charlotte.

« Poser ses vacances. » La novlangue technocratique est pratiquée avec bonheur à la radio car elle est idéalement adaptée à la réalité : Kevin nota ses souhaits dans une grille qu'il posa en effet sur le bureau de Descaribes, puis, quand on le convoqua pour des ajustements, il prit la pose calculée de celui qui ne peut faire autrement que de partir en vacances légales malgré l'insoutenable démangeaison du stakhanoviste qui sommeille en chacun de nous. Descaribes, lui, prit la pose du patron légèrement ennuyé. Il n'imposa rien en échange, à peine suggéra-t-il d'en profiter pour « amorcer l'écriture », « car les vacances, c'est fait aussi pour s'ouvrir à de nouveaux horizons ». Grand seigneur, il glissa même dans la main de Kevin une invitation qui traînait sur son bureau et dont visiblement il n'avait pas besoin :

– Tenez, j'ai reçu ça, allez-y si ça vous chante, c'est pour un nouveau magazine de déco qui se lance, le genre de soirée pseudo-branchée que l'on peut apprécier…

…quand on est un Kevin, aurait-il pu ajouter, car il fixa la mèche rebelle de son collaborateur avec un je-ne-sais-quoi d'écœurement qui fit blêmir l'intéressé.

Ainsi, au sortir de l'hiver, cinq mois après l'épisode Pradel, Kevin posa des vacances bien méritées.

Rien cependant ne se passa comme prévu.

À quelques jours de leur voyage en Corse, Charlotte apprit qu'on avait besoin d'elle à l'officine : une épidémie de grippe venait de commencer, tandis que celle de gastro n'était pas encore terminée. Une des trois pharmaciennes-gérantes était en congé maternité, une autre avait annoncé sa démission pour aller se marier à l'étranger, on ne pouvait se passer de Charlotte pour affronter ce pic commercial digne de Noël.

Résultat, Kevin se retrouva seul, avec des vacances sur les bras, et une Charlotte de mauvaise humeur. Il n'était pas question d'aller en Corse en solo[1]. Et aucun salon littéraire en perspective, où il aurait pu se dérider.

---

1. Charlotte racontera plus tard qu'ils ont choisi la Corse car c'était une des rares destinations qui n'était pas proposée par le comité d'entreprise, tout en étant « sympa

Il lui restait l'invitation de Descaribes. Le magazine s'appelait *Life & Style*. Le carton représentait une jeune femme allongée dans un intérieur minimaliste, fait d'un fauteuil-couchette en acier où la belle dépliait ses jambes interminables, et d'un tabouret de bar en verre dépoli. La magie Photoshop y avait posé un félin tacheté, racé et sournois, dans lequel Kevin se reconnut immédiatement.

Ici, pas de queue entêtante dans un hangar surchauffé, mais un accueil tout en douceur, par des jeunes filles maquillées d'or. Pas de vigile à tête de banlieue et sentant la haine, mais un gorille en smoking, faisant aussi barman, portant sur un plateau d'ébène de ravissantes fioles multicolores. Le beau monde, nettement plus jeune et mieux habillé qu'au Salon du livre, fit une excellente impression sur Kevin.

On l'aura deviné, *Life & Style* était un magazine sur l'art de vivre dans Designland. La réclame, omniprésente, paraissait tellement naturelle qu'il était souvent impossible de la distinguer du rédactionnel, ce n'était d'ailleurs pas le but, les deux cent cinquante pages de la revue formaient une gigan-

---

et accessible financièrement ». Pour Kevin H., se retrouver par hasard dans la même piscine que des collègues de la radio qu'il voyait tous les jours était le comble de l'indigence.

tesque boutique de bout en bout. Les lecteurs flânaient dans de superbes lofts décorés de photos contemporaines, de meubles fifties, de lampes vintage, picorant du texte au gré d'une douce rêverie. Quelques articles plus abstraits, émargés par des écrivains invités, donnaient à l'ensemble un parfum culturel, une ambiance subtilement déconnectée des affaires, fleurant le cuir dandy d'un club vieillot. « Il est rassurant de savoir qu'un écrivain peut vendre sa peau pour décorer un salon », pensa Kevin.

Point trop n'en fallait cependant : les managers savaient bien que ces escapades littéraires étaient nettement moins lues qu'un reportage sur la Foire de Milan ou le calendrier des ventes aux enchères. Ils se devaient donc de rester vigilants. Telle la radioactivité qui s'accumule sournoisement le long de la chaîne alimentaire, trop d'apparence culturelle peut brusquement devenir mortelle. Ils avaient tous en tête l'exemple du magazine allemand *Kunst & Design* qui avait sombré pour avoir mis trop de poudre aux yeux et pas assez d'annonceurs. En France, dans la même veine, le contre-exemple s'appelait *Égoïste*, un mort-vivant apériodique dont on attendait le retour avec appréhension, tant pour son gabarit monstrueux, le rendant inadapté aux meubles de rangement et contraignant son malheureux acheteur à l'exhiber en permanence sur une table, que pour le mélange soporifique de prétention culturelle et d'esthétisme publicitaire en noir et blanc. Il était dit que *Life & Style* ne suivrait pas ces voies prestigieuses mais peu lucratives.

Kevin feuilleta le premier numéro et s'aperçut tout de suite qu'il n'y avait aucun Kevin dans l'interminable liste des contributeurs. Ce n'était pas vraiment une surprise. En revanche, il eut une décharge d'adrénaline quand il tomba sur un François-René, à la rubrique « Cet objet de déco fétiche », où son client discourait sur les incomparables beautés de sa lampe de chevet.

Comprenant aussitôt que Pradel pouvait être dans les parages, il se plaça en retrait dans un coin sombre, astucieusement masqué par l'énorme barman. De là, il scanna la foule en guettant les épaules voûtées, les petites lunettes rondes, cet air faussement modeste qui caractérisaient l'écrivain.

Il n'en vit point. Pradel n'était pas encore arrivé, ou, peut-être, en écrivain conscient de sa valeur culturelle, il avait snobé la fête du Veau d'or, lui préférant une ennuyeuse conférence à la Maison de la Poésie.

« Toujours au-dessus du lot, l'intellectuel », devina Kevin. Descaribes et Pradel, même combat.

Quand il fut certain de son absence, il sortit du bois et se mêla à la foule des rédacteurs, où, en deux traits d'esprit, il s'aperçut que ces prophètes du bon goût étaient faits de même glaise que les autres. Une demi-heure après qu'il eut décliné sa fausse identité d'agent littéraire, le rédacteur en chef adjoint lui donnait déjà du « Alexandre, mon ami », et lui confiait incidemment qu'il travaillait à un texte, une « ambitieuse fiction, d'où personne ne sortirait indemne, et surtout pas le monde du design, tellement factice ».

Quand le poisson vient tout seul, on n'a plus qu'à beurrer le poêle.

– J'ai vu que vous avez publié Pradel, dit Kevin. Un grand monsieur, que j'ai eu l'honneur de connaître à l'occasion de sa *Tentation de la glissade*. J'ai vu passer son nouveau manuscrit, récemment. Très fort. Grande impression.

Ainsi se renseignait-il sur son ancien protégé, tout en signifiant à sa nouvelle cible sa connaissance des milieux éditoriaux, et sa connivence avec les chaudrons magiques où se cuisinent les goûts et les succès littéraires.

Le rédacteur devint cependant tout crispé.

– Comment, vous ne savez pas ? dit-il en le regardant bizarrement.

Kevin eut la désagréable impression d'avoir raté un détail capital.

– Non, dit-il, légèrement inquiet. Je ne sais pas. De quoi parlez-vous ?

– Mais enfin ! s'exclama le rédacteur.

Il ne souriait plus du tout.

– François-René Pradel est mort. Il s'est pendu il y a deux jours.

La Terre ne s'arrêta pas de tourner, ni les fluides de circuler : les autres invités s'ébattaient joyeusement autour d'eux, insensibles à l'affreuse nouvelle. Pourtant Kevin se sentit en déséquilibre, et il dut faire un pas de côté. « C'est idiot de réagir ainsi, pensa-t-il. Je ne le connaissais pour ainsi dire pas beaucoup. »

– J'étais en vacances, dit-il machinalement, comme pour s'excuser de ne pas être au courant, puis, comprenant que sa phrase pouvait passer pour un manque d'empathie, il ajouta : C'est une tragédie.

– Assurément, admit le rédacteur. Le numéro était déjà bouclé, sinon on aurait placé une croix ou un cadre noir, en signe de deuil, autour de son nom. On fera un hommage dans le prochain numéro.

On le voyait affecté.

– Je m'étonnais aussi de ne pas le voir, dit Kevin. Il avait cette joie de vivre...

– Je crois au contraire qu'il était déprimé depuis un certain temps, dit le rédacteur. Mais ça surprend quand même. Je connais sa fille, Myriam, on a un peu travaillé ensemble, cet automne, à *AD*. Très belle fille, affûtée et tout. Elle m'a parlé d'une étrange histoire qui avait secoué son père à l'époque. Un éditeur fantôme, dans ce goût-là. Ça vous dit quelque chose, vous qui nagez parmi les squales?... Je vais l'appeler pour en savoir davantage[1].

Alors il vint à l'esprit de Kevin qu'il ferait bien de s'éclipser.

Il déferra le poisson :

– Ces histoires me passent un peu au-dessus. Pour tout vous dire, je change de secteur... Une nouvelle vie... Dans l'humanitaire... En Thaïlande ou en Malaisie... Les besoins sont énormes... C'est au cours de notre voyage à Bornéo que ma femme et moi... Laissez-moi vous raconter un épisode qui nous est arrivé à Pontianak...

Ce fut radical. On se désintéressa de lui instantanément. Le rédacteur eut le sourire constipé et aperçut soudain dans la foule une personne qu'il n'avait pas vue depuis des années. Il s'excusa rapidement et s'enfuit. « Le raseur ne passera pas ! » criait son dos.

« Vis ta vie, petite proie », songea Kevin avec ce frisson de béatitude que doit ressentir le chas-

---

1. Au cours de son audition, Thomas G., le rédacteur en chef adjoint de *Life & Style*, a confirmé qu'il connaissait personnellement les Pradel, qu'il voyait régulièrement. « Une famille très soudée, qui est restée si digne dans l'épreuve », dira-t-il. Le lieutenant de police le notera verbatim dans son compte rendu, accompagné du commentaire : « Ce type en pince pour Myriam. »

seur quand, magnanime, il baisse son fusil et laisse s'éloigner la gazelle.

Les jours suivants, Charlotte ne rentrant que le soir, fatiguée et d'humeur fécale, il erra dans ses vacances comme le dernier des Mohicans. Ce n'était pas l'occupation qui lui manquait – il lisait beaucoup, se promenait, nettoyait son disque dur –, mais une démangeaison creuse l'avait saisi, quand tout appelle au néant, y compris le pamplemousse que l'on triture le matin, dans l'ennui des gestes quotidiens et la vacuité des envies. Et, tout le temps, ces mots lui revenaient en tête : Pradel s'est pendu.

Était-ce de la curiosité malsaine? Peut-être, dut-il admettre quand, à la faveur d'une soirée en solitaire (Charlotte était de garde), il se surprit sur internet en train de chercher des précisions sur les circonstances du drame. Il n'y trouva rien de nouveau et tourna en rond, de lien en lien, accumulant de la vase. Pradel s'était pendu, certes, mais sa fiche Wikipédia n'était même pas mise à jour, autant dire qu'il était toujours vivant et manifestait autour de Kevin une étrange présence.

– C'est une sensation de déséquilibre, dit-il un soir à Charlotte. J'ai comme une lourdeur à l'estomac, et, quoi que je fasse, je pense « pendu » plusieurs fois par jour, surtout au réveil, avec, parfois, l'impression que c'est autour de mon cou que ça serre.

– Laisse sortir la vapeur, dit Charlotte. Si ça se trouve, tu n'y es pour rien.

– Comment « si ça se trouve »? s'indigna d'abord Kevin. Tu ne songes quand même pas…

Puis il lui vint clairement à l'esprit qu'il pouvait avoir une responsabilité dans les événements.

– Aère-toi la tête, chéri, trancha Charlotte. Évite les salons littéraires. Regarde une série.

Les ressassements redoublèrent cependant.

Au terme de ces réflexions, il lui parut évident que sa mauvaise farce avait favorisé le passage à l'acte en aggravant l'état dépressif de Pradel. Toutefois, on ne se suicide pas pour un roman refusé, se disait-il, ce n'est pas sérieux. Janus-Smith n'était donc pas une clé de voûte – ça ne l'empêchait pas d'être une pierre à l'édifice.

Au-delà de sa responsabilité, il ruminait des questions sur l'acte lui-même. Quel message veut-on crier au monde quand on se pend ? (Aucun, disait Charlotte, mais il n'en croyait rien.) Imagine-t-on un Pierre Descaribes pendu ? Un Jérémy ? (Non, ils sont trop médiocrement accrochés à la vie, répondait-il lui-même.) En quoi Pradel était-il supérieur ?

Charlotte tentait de le rassurer, dans la mesure de sa vision très pratique des choses :

– Moi, si je devais le faire, disait-elle, je ne prendrais sûrement pas la corde. Il suffit de voir la tête que l'on a, la langue pendante, la face bleuâtre, les yeux révulsés, et se dire qu'on te retrouve dans cet état peu présentable pour couper radicalement l'envie de jouer les malins. Il paraît que l'on se conchie dans bien des cas, alors bonjour.

– Tu n'es pas un poète frustré et déçu, à la sensibilité exacerbée, remarquait Kevin. Imagine un souffre-douleur de la vanité, un type tourné en ridicule par un Kevin et laissé à l'abandon par la société. Imagine qu'il ait justement voulu qu'on le retrouve la langue pendante, conchié et tout, pour faire mal à ceux qui l'ont mené dans ce cul-de-sac, ou, au moins, les faire réfléchir.

– Pas convaincue, disait Charlotte. À sa place, j'aurais avalé du Gardénal. C'est esthétique, sans douleur, et j'en ai des tonnes à la pharmacie. Si tu savais comme c'est simple, pour nous, les professionnels de la santé !

À force de chercher la clé du mystère Pradel, Kevin commanda tous ses livres, qu'il dévora sans jamais s'ennuyer. Aucun ne parlait de suicide ou ne laissait entrevoir cette porte de sortie. Dans *La Tentation de la glissade*, texte d'inspiration autobiographique, prenant à revers l'autofiction mortifère, l'auteur parlait de sa famille formidable, de ses joies d'écrivain, de ses parents tolérants et dynamiques, de son appétit pour le sexe et l'osso buco. Si l'on entendait dans d'autres textes certains accents mineurs ou des doutes métaphysiques, ce n'étaient jamais que de petits écaillements de peinture sur une façade globalement solide, de style art nouveau, joyeusement chargée de naïades.

« J'ai été le mauvais karma dans cet océan de bonheur, ne put s'empêcher de penser Kevin. La valve en caoutchouc noir qui vide la baignoire. »

Son humeur se dégrada sensiblement, d'autant qu'il se rendait compte maintenant que Pradel n'était pas un mauvais écrivain. Habile conteur, il construisait des histoires farfelues qu'il parvenait à rendre étonnamment crédibles, brossait des personnages attachants, à l'humour fin quoique désespéré, où Kevin se reconnaissait souvent. Sa réputation pourtant était restée très en deçà de sa qualité objective. À l'évidence, Pradel n'avait pas été apprécié à sa juste valeur et il se demandait comment un tel phénomène avait été possible.

Il compila un dossier avec tous les articles critiques qu'il put trouver, et, en les relisant, il lui paraissait évident que les journalistes avaient singulièrement manqué de flair, de goût, d'audace dans leurs jugements. Bien peu avaient creusé les livres dont ils parlaient, la plupart se contentaient de reprendre le trivial, classant Pradel à l'emporte-pièce avec une subtilité de catapulte. Le portrait pleine page dans *Libération* avait été rédigé à côté de la plaque, se focalisant sur certains détails biographiques sans intérêt (une année passée à bord d'un chalutier néo-zélandais, une mini-correspondance avec Paul Auster, une opération d'appendicite où il avait failli perdre la vie), alors qu'avait été oublié ce qui faisait le sel de l'écriture, tout en vagues surprenantes, avec, parfois d'étonnants passages où perçait un mauvais esprit subtil et coupant.

« Comment la critique peut-elle s'intéresser à ce point au marc de café sans savourer la boisson qui en est tirée ? » se demandait Kevin. C'était absurde, grotesque, tragique.

Plus il se plongeait dans l'œuvre de l'écrivain, plus il en ressortait avec un sentiment d'injustice. Son émotion se muait en révolte quand il lisait un commentaire défavorable ou condescendant.Rendant sa vie encore plus obsessionnelle, l'image d'un Pradel pendu se faufilait naturellement dans ses pensées. Il ne pouvait s'empêcher de songer aux effets de la strangulation, il imaginait les derniers instants, l'ultime soupir, les tremblements de tout le corps. Pour chasser ces images macabres, il relisait en boucle les bonnes pages de *La Tentation de la glissade*, ces paragraphes où l'écrivain paraissait tellement vivant qu'on se serait presque attendu à ce qu'il sonnât à la porte. Soudain, dans un flash de sagacité, il se souvint qu'il avait chez lui un inédit de Pradel, ce fameux texte dont il s'était moqué si méchamment sans jamais l'avoir lu en profondeur.

Il le trouva parmi les mails et s'y plongea.

Ce fut une révélation. Ses nerfs en compote se régalèrent au laconisme des descriptions, son imagination s'accrocha au rythme prenant de la construction, et il ressentit une plénitude proche de l'euphorie quand il comprit que la narratrice n'était rien d'autre qu'un Descaribes au féminin, imbue de sa personne et de sa culture, sous des airs de fausse modestie. Dans un surprenant ping-pong avec sa vie réelle, dans les travers décrits par Pradel, Kevin reconnaissait la radio, sa radio, ses pharaons, ses lépidoptères, ses hyènes et ses miasmes.

Il lut certains passages à voix haute, et il éprouva un immense plaisir comme s'il les avait écrits lui-même. Incontestablement, François-René et Kevin étaient assis du même côté de l'humanité. Dans une autre dimension, à une autre époque, il eût été possible qu'ils fussent amis [1].

Eut-il honte alors de sa mauvaise blague? Conçut-il des regrets? Probablement. Le fait est qu'il déclara à une Charlotte fatiguée :

1. Marie-Jocelyne L., la mère de Charlotte, déclarera que cette période correspondait chez Kevin à une consommation excessive d'alcool. Quand elle venait le soir, à l'invitation de sa fille débordée, pour aider « ses enfants » avec le dîner, elle retrouvait systématiquement des bouteilles vides (gin, rhum, tequila) entassées dans la mauvaise poubelle, « celle des déchets organiques pourrissables, on aurait dit mon deuxième mari, jamais foutu de faire un tri soigné ».

– J'arrête Janus-Smith. C'est un jeu puéril et injuste, comme la foudre.

Ce trouble, et la sensation désagréable qui l'accompagnait, dura jusqu'à la fin des vacances.

Reprenons vos déclarations, si vous le voulez bien.

Vous dites : « Je n'ai jamais demandé de l'argent ou une quelconque faveur à Pradel. » Ce point est capital, et nos services vont contrôler vos comptes bancaires, soyez certain. Car il nous semble, au contraire, que tous les éléments de l'escroquerie caractérisée étaient en place. Il me paraît évident, et le commissaire principal est d'accord avec moi, que vous utilisiez une technique bien trop sophistiquée pour vous contenter de passer un moment de rigolade aux dépens d'un naïf. Avouez qu'à long terme la mort de ce pigeon vous a privé d'une belle opportunité de vous enrichir. Hein, entre nous…

Certes, les documents indiquent une interruption dans vos échanges épistolaires bien avant le suicide de Pradel, et rien, aucun indice dans les mails échangés, ne montre une demande d'argent de votre part ou une tentative d'extorsion.

Peut-être attendiez-vous le bon moment pour passer à la vitesse supérieure.

Une chance : il ne jetait rien, Pradel. On a trouvé votre carte de visite. Belle qualité ! Ça doit coûter bonbon ce doré dans les encres, ce papier. Ne me dites pas que vous avez fait tous ces investissements pour « passer un bon moment » et rien d'autre, comme vous le déclarez.

Je n'ai rien contre vous personnellement, Monsieur H. Vous m'êtes même très sympathique. Mais ne me prenez pas pour un imbécile. Tout le monde n'est pas Pradel, hein. Je n'ai jamais vu un type perdre son temps à ce point, pour, au final, disparaître dans la nature sans rien obtenir en échange. Car il en faut, des jours, pour 1) lire tous ces écrits, 2) rédiger tous ces mails, dont certains sont longs et argumentés. Vous avez de la chance : il est prouvé que vous ne l'avez rencontré qu'une seule fois, au début. Sa femme, sa fille sont formelles. Sinon, on aurait demandé une perquisition pour voir si vous ne lui aviez pas subtilisé quelque chose, un bibelot, une chinoiserie (leur appartement, pour ce que j'ai pu observer, est rempli de vieilleries asiatiques recherchées par les collectionneurs).

Bon point pour vous, je l'admets, Pradel lui-même n'a pas porté plainte. Il a pris sur lui. Mais il a déprimé. Et il est mort. Il s'est pendu, en effet, pendant que sa femme faisait les courses. Savez-vous comment ? En plein salon. Au crochet du lustre. C'est du haussmannien, ça tient bien. Parce que j'en ai vu qui se pendent dans du moderne, sur un crochet vissé avec une cheville de douze dans un faux plafond. Faut pas rire, ça arrive. C'est sa fille qui l'a découvert, comme elle venait à la maison pour dîner. Vous imaginez la surprise.

Moi, je dis toujours : ce sont les nerfs qui, en durcissant avec le temps, tressent la véritable corde du pendu. Et l'on peut dire que vous les avez chatouillés, ses nerfs, à Pradel. Sa femme n'a rien raconté de précis à ce sujet, elle s'est contentée de pleurer sans voir midi à votre porte, mais sa fille a tout de suite fait le rapprochement avec votre petit jeu de rôle. D'après son témoignage, Pradel s'était réellement cru édité par la grande maison. Il était persuadé qu'il avait enfin touché le Graal. Sa fortune allait changer, il aurait un prix littéraire, genre Goncourt, on le traduirait à l'étranger, en Russie, en Amérique, et il aurait enfin des lecteurs en France. (Moi, avant cette affaire, je n'ai jamais entendu parler de Pradel, pourtant je lis pas mal : Stieg Larsson, Tom Clancy et d'autres.) Sa fille a eu une comparaison pour illustrer ce désarroi : « C'est comme si moi, on m'avait dit que j'étais nommée à la direction monde de Vuitton, pour me raccrocher ensuite à la figure », a-t-elle déclaré. Voyez. On comprend le choc quand il découvre qu'on s'est moqué de lui.

Nous sommes allés sur l'ordinateur, on a retrouvé toutes vos missives. L'informatique, ça laisse plus de traces que la suie. Pourquoi avez-vous fermé les sites fantômes correspondant à vos adresses mail ? C'est un indice de culpabilité, ça, et n'empêche en rien un enquêteur sérieux de remonter jusqu'à vous. La preuve, je suis là.

Vous dites : « une innocente blague de bonne foi ». Peut-être, mais il reste des zones d'ombre. L'emploi de temps de Pradel montre des trous assez étranges, les mardis, les mercredis, les vendredis matin, avec une fréquence inhabituelle ces derniers mois, et l'on veut tirer ça au clair. Vous ne seriez pas au courant, des fois ? Vraiment pas ? Car si c'était vous qu'il rencontrait de manière aussi régulière, en secret, la blague innocente aurait une tout autre signification. Manipulation. Harcèlement. Emprise morale sur personne vulnérable. Sa famille vous étriperait au pénal.

Et son accident de ski, vous êtes au courant ?... C'était avant votre affaire, mais vous en avez peut-être entendu parler. On enquête large, vous savez.

Je crois que le moment est venu de me dire tout ce que vous avez sur la conscience.

Je marque donc « néant ».

Ce cul-de-sac ne veut pas dire que j'ai mal fait d'être venu vous voir. D'abord je ne pouvais pas faire autrement : il y a des procédures que nous sommes obligés de suivre quand la mort n'est pas naturelle. Avouez aussi que votre comportement n'était pas, disons, des plus communs. On se devait d'enquêter un minimum. Et si je vous ai parlé durement tout à l'heure, c'est le métier qui le demande. Je suis franc du collier, c'est ainsi. Si ça peut vous rassurer, sachez que le commissaire principal et moi, nous n'enquêtons jamais à charge.

Vous avez raison de le remarquer : il n'y a rien qui relie la mort de Pradel à votre échange de mails, d'autant qu'il n'a pas cessé d'écrire ni de publier, dans *Life & Style* par exemple. Mon travail, c'est d'être objectif. C'est pourquoi, je le souligne, il n'y a absolument rien contre vous. Vous n'avez glané aucun enrichissement personnel, aucun avantage direct ou indirect. Vous ne vous êtes servi ni de la calomnie ni de l'insulte. Vous n'avez pas stigmatisé une origine ethnique, religieuse ou autre. Il n'y a aucune expression choquante dans vos lettres. Aucun chantage. En gardant privée votre correspondance, vous n'avez pas exhibé l'intimité de Pradel sur la place publique. Le préjudice subi s'apparente à une déception. Ni plus ni moins. On rencontre souvent ce genre d'émotion quand on passe un entretien d'embauche, avec son lot de discussions déstabilisantes, voire humiliantes, quand on franchit toutes les étapes avec succès avant de se faire éliminer à la dernière pour une question de cravate rose. Je sais de quoi je parle. Une grosse déception. Le commissaire principal compare, lui, à une rupture amoureuse (il en a eu).

Je dirais même que nous sommes vos alliés. Ne souriez pas. Nous sommes là pour vous protéger. Car la famille Pradel est très remontée (surtout la fille – prime à la jeunesse). On ne peut exclure un scénario de vengeance, ce que l'on aimerait éviter. Ça s'est déjà vu. C'est pourquoi nous avons gardé votre identité totalement secrète. Vous avez remarqué que j'ai pris contact de manière discrète, en vous appelant à l'avance et en organisant un rendez-vous dans ce café très ordinaire où l'on ne risque pas de me reconnaître.

Je vous laisse ma carte – lieutenant de police Gérard Rouche. N'hésitez pas à m'appeler si un détail vous revenait en mémoire. (On dit ça à chaque fois.) Évitez la famille Pradel, c'est un conseil d'ami. Le reste est l'affaire de votre conscience.

– Aah, le chef est revenu !

À la radio, un collègue qui rentre de vacances est un événement en soi, comparable au retour du fils prodigue. On se presse autour de lui, on le pince pour vérifier qu'il est bien réel, on lui pose des questions idiotes pour vérifier que Kevin est bien Kevin, et pas un autre qu'on aurait glissé en cachette dans la peau de Kevin – car on sent bien que ces quelques jours l'ont légèrement changé –, on s'émerveille qu'il soit encore en vie, on se demande quelle mouche l'a piqué pour revenir ainsi à la radio alors qu'il avait une opportunité de s'enfuir loin de toute cette indigence, on compatit comme s'il était une gueule cassée devant retourner au combat. Ce rituel, souvent inconscient, est rassurant pour le groupe qui construit ainsi une unité de façade autour de la marmite cabossée où mijote son quotidien. Le revenant, lui, se voit ainsi réintégré à la communauté, il retrouve sa place, son utilité relative, ses repères olfactifs liés à la machine à café et à l'Yves Saint Laurent dont se tartine Marie-Louise.

On se dépêcha de lui apprendre la mauvaise nouvelle : en son absence, des restrictions budgétaires avaient frappé l'imprimante grand format. Le contrat d'entretien n'avait pas été renouvelé par la direction. À la première panne, on la mettrait au rebut, et adieu la qualité, le travail bien fait, les traditions séculaires.

– La logique du profit ! s'indignait Jérémy.

– D'un autre côté, on ne s'en servait pas beaucoup, dit Kevin, objectif.

– Eh, vas-y doucement, dit Jérémy. Avec cette attitude de rond-de-cuir tatillon, c'est toute notre armoire à fournitures qu'ils sucreront, en moins de deux.

Ils se déplacèrent alors vers cette caverne d'Ali Baba où un Pierre Descaribes inspectait les feutres, les classeurs.

– Il nous faudrait des copies doubles, du scotch, des tubes de colle Uhu, énumérait-il pensivement. Ah ! Voici notre média-planneur ! Alors, la Corse ?

Kevin raconta la mésaventure de Charlotte. Alors on prit des mines désolées, on le consola comme s'il avait été un grand brûlé.

– Si on ne se mobilise pas, à la radio, ça sera comme dans la pharmacie, vous verrez, prophétisa Jérémy. Astreintes, réductions d'effectifs, compression maximale.

– Finalement, je ne suis pas mécontent d'être resté à Paris, dit Kevin. J'ai fait pas mal de découvertes. Et j'en ai profité pour prendre la température chez *Life & Style*. Le rédacteur en chef adjoint est très sympa.

Il voulait lancer une note positive mais l'effet fut inverse. Une incompréhension teintée de consternation fit frémir ses collègues : il avait mis les pieds dans l'antre de la bête commerciale, là où les journalistes sont obligés de se vendre comme des savonnettes. Il s'y était fait des copains. De ces individus qui n'ont pas honte de se faire exploiter par des marques de robinets de luxe dont la moindre quéquette chromée coûte un smic. Rédiger des publi-rédactionnels : il n'y avait pas pire déchéance.

Jérémy haussa les épaules et tourna le dos. Olivier et Marie-Louise échangèrent un regard, long comme un pont suspendu au-dessus d'une vie : il ne fallait pas être un devin pour y lire : « Il est né Kevin, Kevin il restera. » Pierre Descaribes, pourtant à l'origine de l'invitation, ce qu'il n'assumait plus, sentit toute l'incongruité de la situation où s'était fichu son subalterne et traça une perpendiculaire :

– Je suis sûr que ce genre de rencontre crée des pistes d'écriture.

– Justement, dit Kevin. *Life & Style* n'est pas aussi pourri-vendu que vous le pensez. Ils publient des textes littéraires. Des auteurs puissants leur font confiance. François-René Pradel, pour ne citer que lui…

– Bah ! sa *Tentation de la glissade*, dit aussitôt Descaribes. Très surfait. *Libération* en avait fait grand cas. C'est tout dire. Effet de mode. Toquade.

Puis on essaima dans l'open space, on plaça son visage dans la lumière des écrans. On entama son pénible périple journalier.

Cependant, quelques jours plus tard, Descaribes coinçait Kevin au détour d'un couloir et, passant en mode confidentiel, l'appelait par son prénom.

– Dites-moi, Kevin, il nous faudrait peut-être déjeuner avec votre… euh… contact de *Life & Style*. Dynamique nouvelle. Synergies annonceur.

– M'enfin, Pierre, de quelles synergies parlez-vous ? protesta Kevin, nullement emballé à l'idée de revoir sous son identité réelle le rédacteur en chef adjoint. On ne séduira jamais les annonceurs de la déco. Nous sommes une radio. Comment vendre une baignoire, une lampe, un meuble de rangement sans les montrer ? Impossible à la radio. Avec *Life & Style*, nous travaillons sur des créneaux opposés[1].

Tandis qu'il pédalait ainsi pour se sortir de ce mauvais pas, Descaribes s'énervait :

– Je ne sais pas moi ! Débrouillez-vous, c'est vous l'expert. Moi, voyez-vous, ce qui me touche chez eux, vous l'avez dit vous-même l'autre jour, c'est leur manière très sensible d'inviter des écrivains. On peut dire tout ce que l'on veut sur leur probité journalistique, il reste ces pages où l'on défend la vraie littérature. À ce propos, il se trouve que j'ai, dans mes tiroirs, un petit texte assez percutant sur la décoration intérieure, « Personnages en quête de design ». Postmodernisme. Dualité.

On le voyait venir : il voulait caser son éjaculat d'écriture dans une revue prestigieuse. Ça se comprenait, et Kevin mieux que quiconque entendait dans le discours de son patron les gémissements d'une vanité émoustillée.

« Quand minable rime avec bac à sable », pensa-t-il.

---

1. Comme l'a fait remarquer Marie-Louise Z. dans sa déposition, la radio avait aussi une sévère contrainte de quotas. La publicité était plafonnée par le cahier des missions et des charges. Certaines plages horaires étaient interdites. Le CSA était particulièrement vigilant pour la publicité de marques, mais se montrait plus souple pour la publicité collective et d'intérêt général, celle des organismes publics ou parapublics.

Oui, du sable, à la radio autour de lui, partout où portait son regard, de gros grains, empâtés et froids, crissaient sous les pieds avec une belle unanimité de gravier, s'affairant à construire des barrières invisibles sur lesquelles s'écrasent les Pradel et tous les écrivains subtils, incapables de percer la carapace de l'indifférence et du goût comme il faut.

Il ne fallait pas chercher plus loin les véritables causes de son suicide, pensait Kevin. Pauvre Pradel !

– Que ça reste entre nous, hein, dit encore Descaribes dans un sourire débordant de crasseuse connivence.

Jamais Kevin n'avait autant détesté ce milieu où il pataugeait. Son orgueil d'être différent était cependant une bouée sur laquelle il pouvait compter : un doigt d'honneur lui poussa spontanément au creux de la main, vigoureux comme un premier crocus printanier. Il se dépêcha de le dissimuler dans la cave d'une poche.

Fort opportunément, l'affaire d'un ministre véreux vint pimenter l'actualité et fit passer le déjeuner avec *Life & Style* au second plan. La rédaction eut soudain plusieurs pommes de terre à éplucher. Des personnalités à interviewer, des tables rondes à organiser, une pluie de déclarations à copier-coller pour le site internet. On connut aussi de remarquables pics d'audience que Kevin s'employa à valoriser auprès des annonceurs par un astucieux barème de bonus-malus. Puis Descaribes reçut une décoration lors d'une émouvante cérémonie au ministère de la Culture. Puis il partit en vacances.

À son retour, il raconta la Grèce et l'on s'émerveilla de ses coups de soleil, des coquillages qu'il avait rapportés, on compara les prix du litre de lait sur l'île d'Andros et à Paris XVe, on discuta des avantages respectifs des systèmes de protection sociale, sujet sur lequel chacun se sentait une âme d'expert, on admira enfin la carte postale qu'il avait fait parvenir à Marie-Louise, en tant que représentante du personnel, et l'on décida de l'épingler solennellement sur le tableau d'affichage « pour faire rêver ».

Le numéro suivant de *Life & Style* fut un événement.

L'armoire à fournitures, leur armoire, était présentée dans la rubrique « coup de cœur », parmi des créations de Gio Ponti et du Corbusier. Un marchand de Saint-Ouen s'émerveillait sur le modèle, qui était en fait une réalisation peu connue de Gino Sarfatti, appelée « Rangement vestiaire haut à éclairage intérieur ». Ce grand designer italien, fou de lumière, s'était amusé à placer une batterie d'ampoules à l'intérieur d'une penderie de type casier militaire, ce qui permettait d'en éclairer le contenu et projetait à travers les fentes du métal de jolies arabesques sur les murs environnants.

Dans leur cas, la batterie d'ampoules avait été escamotée depuis longtemps, mais on voyait encore les crochets correspondants. Pierre Descaribes passa sa main et les tripota comme pour vérifier leur réalité :

– Rien à dire, c'est du solide. Meuble d'époque. Absence de compromis.

L'autre différence, que Marie-Louise souligna immédiatement, était la couleur gris-crème dont elle était enduite, l'armoire originale étant en métal brut. Ces détails exceptés, on était happé par la ressemblance. C'était stupéfiant. Ils avaient vécu toutes ces années avec une œuvre d'art sans la remarquer.

– Il faudrait la décaper, suggéra Olivier. On retrouverait la belle patine.

– Je me demande quelle est sa valeur, intervint Marie-Louise, pragmatique.

Ils passèrent la journée à chercher des équivalents sur internet, sans y parvenir vraiment, le modèle étant peu courant.

– C'est plutôt bon signe, dit Olivier. Dire qu'on avait un trésor sous notre nez.

– Pour ma part, je le soupçonnais, se vanta Descaribes. N'ai-je pas défendu cet objet et son contenu face à la direction ?

– Je me demande comment elle est arrivée chez nous, dit Marie-Louise.

On essaya d'en reconstituer la genèse, sans succès : elle a toujours été là. On en parla à l'ancien de l'étage, un croûton barbu qui avait été dans les parages depuis le premier emménagement de la radio. Il radota beaucoup et n'aida en rien. Qui fait attention à une armoire ordinaire en métal pourri ?

– On pourrait essayer de la vendre, suggéra timidement Marie-Louise. Imaginez qu'elle fasse dans les dix mille euros. On partirait tous en Grèce, pour le coup.

– Beaucoup plus que dix mille, siffla Descaribes en connaisseur. Les fifties sont très demandées.

– Cent mille ou deux cent mille ! rêva Olivier tout haut.

– Quand même pas ! pouffa Marie-Louise en rougissant devant de bien chatoyantes perspectives.

Ces chiffres ayant donné le vertige, on fut tenté de passer à l'acte.

– De toute façon, depuis le temps, elle appartient autant aux salariés qu'à la radio, dit Jérémy. Pour ce qu'ils nous pressent le citron !

– Le découvreur d'un trésor a des droits sur le magot, argumenta Olivier. C'est marqué dans le Code civil.

Ils étaient néanmoins gênés aux entournures. Leur haute conscience du bien commun les faisait souffrir. Légalement, le meuble ne leur appartenait pas.

Ce fut Descaribes qui esquissa la solution :

– Le service pourrait, dans un premier temps, la racheter à la radio pour un prix symbolique.

Ceux, à la direction, qui voulaient nous priver de fournitures seraient ravis de s'en débarrasser. Si, en plus, on paie l'enlèvement, je ne vois pas ce qui pourrait bloquer. Je m'occupe de faire la demande. « Gestion saine. » « Responsabilisation aux frais généraux. » Une fois l'armoire évacuée, on contacte Saint-Ouen.

Dans l'enthousiasme général, Olivier se mit à faire des photos avec son smartphone.

Pour la prendre de dos, on écarta l'armoire du mur et l'on découvrit une étiquette sale, collée en bas : « Conforama, réf. Prestige, modèle déposé août 1990. »

Ce qui restait de la journée s'écoula dans la mauvaise humeur générale. Et le lendemain matin, on vit apparaître un gnon sur la porte métallique. Dans un accès de rage légitime, un inconnu y avait placé un coup de pied.

Pour Kevin, l'incident eut toutefois une conséquence positive : Descaribes, vexé, ne parla plus de *Life & Style*. On ne vit plus ce journal à la radio. C'est en catimini que Kevin le feuilletait désormais, prenant un malin plaisir à posséder un objet qui avait ridiculisé ses collègues.

Ainsi, dans le numéro trois, daté d'avril, il fut le seul à voir cet étrange article, coincé à un endroit peu visible de la revue, entre le courrier des lecteurs et les annonces immobilières haut de gamme.

« Lettre ouverte à Alexandre.

C'est un rescapé qui t'écrit, un spécimen que tu as failli ajouter à ta collection, mais qui s'est sauvé in extremis sans vraiment comprendre sur le coup ce qui lui arrivait. J'ai eu beaucoup de chance. Avec le recul, je le vois pleinement. Mon sort s'est joué à un cheveu.

Faut dire que tu abordes les gens avec une facilité, un bagout stupéfiants. Tu promets monts et merveilles, mais toujours en mode mineur, sans l'air d'y toucher, presque à contrecœur. C'est ton trait de génie. Tu poses les jalons : le piège, on le construit tout seul. Tu es redoutable de crédibilité. On a envie de te suivre. Qui n'a jamais rêvé d'être représenté par un prestigieux agent littéraire avec d'alléchantes perspectives de publication ? Pour y résister, il faudrait être un misanthrope flegmatique ou un moine.

Tu as failli m'avoir. Comme tu as eu François-René Pradel, un auteur de notre premier numéro, écrivain remarquable mais fragile qui a mis fin à ses jours pour ne plus penser à toi. Effondrée, sa fille m'a tout raconté, les mails, les encouragements, les petites humiliations aussi, qui soudaient encore plus son père à la chimère que tu avais construite.

Le fait que tu n'extorques pas d'argent, que tu ne fasses rien de pénalement condamnable, est un facteur aggravant. Tu agis sans motif apparent. C'est pourquoi ta brusque disparition crée un vide incompréhensible. Si au moins tu étais parti avec l'argenterie ou une faveur sexuelle ! On aurait eu un repère, une raison. La frustration que tu sèmes ne peut être guérie. Comme pour un vieux meuble qu'on a enlevé, il reste une silhouette indélébile sur le mur de notre vie.

S'il est vrai que le parcours d'un écrivain aujourd'hui est un tissu de déceptions, la tienne était en tout point la plus urticante, la plus lâche aussi. Un rêve brisé qui laisse de gros morceaux coupants.

Ce que je voulais te dire aussi, c'est que nous allons te trouver. Pour l'instant, on ne connaît que ton nom d'emprunt, Alexandre Janus-Smith. Peut-être en as-tu plusieurs ? Je connais ton visage – celui de la médiocrité ordinaire, entre trente et trente-cinq ans, châtain clair, mèche en évidence, lunettes, un goût prononcé pour la lecture. Céline, Proust. Ce n'est pas suffisant pour t'empêcher de nuire. Mais on y travaille. On recueille les témoignages, on croise les informations. On finira par te repérer. Il doit bien y avoir une trace. Dès à présent, tu ferais mieux d'éviter les salons. Dis-toi bien à chaque heure de ta journée : on te cherche. Et quand on saura enfin qui tu es, on prendra plaisir à te détruire. Tu ne nous laisses pas le choix.

Bien à toi, dors bien.

Thomas G., rédacteur en chef adjoint. »

Après une telle charge, Alexandre Janus-Smith aurait eu peur. Le petit bonhomme se serait terré chez lui, dans les bras onctueux d'un single malt. Il serait tombé malade avec des accès de fièvre sans température et des nausées sans vomi. Sa mèche rebelle aurait sursauté à chaque toc-toc de facteur. Irritable, il aurait fini par lancer des méchancetés à Charlotte qui se serait mise à pleurer, elle qui l'avait toujours soutenu. Il aurait pu être détruit, rongé par la culpabilité et la paranoïa.

« Quelle chochotte, cet Alexandre ! » pensait Kevin. Toujours dans l'émotion. Le lieutenant de police avait bien dit pourtant qu'il n'avait commis aucun délit. Franchement, on n'irait pas se corroder les sangs pour trois chauves humiliés qui protestent. Surtout qu'ils ne connaissaient pas son vrai nom et qu'ils n'avaient aucun moyen de le retrouver à partir du moment où il arrêtait ses sottises, ce qu'il avait déjà décidé en février, non par couardise ou par contrainte, mais par le cheminement personnel de son vertige, convaincu qu'il avait été au bout de l'expérience avec la mort de Pradel.

Ainsi, tout le monde n'était pas aussi fragile qu'Alexandre. Passé la surprise, désagréable au premier abord, Kevin relut l'article et constata qu'il n'était pas spécialement déplaisant d'avoir un papier sur soi dans un magazine à la mode. Et quel papier, quand on y réfléchissait! Un Pierre Descaribes, sans même parler des autres nains de la radio, aurait vendu père et mère en échange d'une retombée de cette portée. Certes on le traitait de vilain, on le menaçait (de quoi, d'ailleurs? c'était très flou), on tentait de l'accabler moralement, mais on rendait aussi un hommage appuyé à son savoir-faire. On le respectait. Mieux, on le félicitait presque de ne pas être un type ordinaire – c'est ainsi que Kevin le comprenait. Dans ce contexte, non seulement il jugea admissibles le ton désagréable et l'apostrophe à la limite de l'insulte, mais il y vit une forme de consécration, comme si on lui avait décerné une médaille. On le tutoyait, comme on tutoie Dieu.

Un parallèle le fit sourire : il pensa aux super-héros de son enfance. Peter Parker, alias Spider-Man, se promène lui aussi avec une double identité (et, contrairement à Kevin, il en fait tout un plat), se fait insulter à longueur de journaux par des minables qui ne comprennent rien à ses faits d'armes, collectionne les échecs amoureux, les quolibets et les coups, alors même qu'il fait œuvre utile.

Kevin en vint à regretter que l'article ne fût davantage visible. Imprimé en petits caractères, il se noyait en effet au milieu de rubriques inutiles. Sa raison lui souffla cependant qu'il ne pouvait en être autrement dans un magazine qui ne ménageait pas ses efforts pour être un prospectus commercial. Ici, chaque centimètre carré avait de la valeur. Thomas avait dû prendre pas mal de risques pour placer sa déclaration saugrenue, à moins qu'il ne l'eût fait en douce[1].

Il fut tenté d'en faire des photocopies pour les distribuer à la radio, mais il rejeta aussitôt cette idée puérile – l'article mentionnait son physique et il risquait de se faire démasquer. Il se contenta de se promener dans les couloirs, rayonnant. Quelle délicieuse jouissance de savoir qu'un peu partout, à la faveur de *Life & Style*, des inconnus parlaient de lui, on se demandait qui il était, on vociférait et on le maudissait, alors qu'il nageait là (il se pinça),

1. Thomas G. confirmera que la publication de cette lettre, même à un endroit perdu de la revue, a donné lieu à d'épiques échanges au comité de rédaction. Ce n'est qu'en mettant sa démission dans la balance qu'il est parvenu à avoir gain de cause.

dans cet aquarium circulaire, les jambes souples, les bras tranquillement synchro, à faire des ronds au travail comme n'importe quel anonyme. Une aiguille dans une botte de foin, mais une aiguille quand même, dure et piquante, consciente de sa singularité par rapport à toute cette nourriture à bétail.

Il rentra à la maison plus tard que d'habitude, tant il avait envie de rester au bureau parmi ces cloportes qui ne se doutaient de rien.

Quelque chose cependant l'empêcha de montrer l'article à Charlotte, une petite honte, une appréhension.

Mon dessert Charlotte se plaint rarement mais je sens quand ça va pas fort, car une mère comprend le moral de sa fille sans forcément faire des discours. Quand on déjeune, je vois bien qu'elle a moins d'appétit, elle qui mange d'habitude comme un vaisselier, elle a aussi des yeux différents, souvent baissés. Moi, direct, ben alors qu'est-ce qu'il y a ? Qu'est-ce qui va pas ? La franchise, je l'ai carrément sur le bout de la langue, ça traîne pas. Je pose la question mais j'ai déjà deviné, car je connais ma Charlotte comme un thermomètre, je sais ce qu'elle va dire avant qu'elle ouvre, même si elle se plaint rarement.

Le couple est ce qu'il y a de plus précieux chez Charlotte, comme chez beaucoup de femmes, mais elle surtout. J'ai été mariée deux fois, je vois bien. Et ce que je vois me fait pas danser les fées. Le couple avec Kevin c'est pas au beau fixe. Ce garçon, je l'ai toujours dit, ce garçon marche de travers. Il a pris des vacances pendant que Charlotte était de garde à la pharmacie : vous dites quoi de ça ? Ils se sont pas vus de la journée, pendant qu'il traînait on se demande où, car il a pas d'amis, me dit Charlotte. Y va voir ailleurs, j'ai pensé tout de suite. Moi, mon premier mari, y allait voir ailleurs. Il avait des amis, lui, mais y allait voir ailleurs quand même avant qu'on se sépare.

Non, Charlotte est sûre, y va pas voir ailleurs. Elle dit elle sent ces choses. Elle dit il va à des salons pour les livres, il fait des blagues débiles, il joue un rôle, je comprends pas bien. « Il joue un rôle. » Bon. Ça veut dire quoi ? Moi je dis tous ces livres n'amènent rien de folichon. On voit bien ceux qui réussissent y lisent pas de livres.

Kevin y lit beaucoup trop, il est mélancolique dans sa tête, quand je l'ai vu il semblait à côté de son assiette, toujours fourré dans un journal de déco que traînent les grosses vaches qui se prennent pour Grace Kelly. On voit il a des idées qui le préoccupent, mon deuxième mari il avait ça aussi, puis il est mort. Un cancer qu'on lui avait trouvé, et lui qui me disait rien pendant six mois ! Avec la tête genre je te vois mais je pense à ma troisième main. Il avait beaucoup maigri, mais pas Kevin.

Les idées éloignent les gens. L'ordinateur aussi. C'est censé rapprocher, mais pas du tout, c'est le contraire. L'autre jour, Kevin est resté à l'ordinateur toute la soirée, et le gigot ? Il écrivait, écrivait, genre très occupé, un peu exalté. Et le gigot ? Une drôle d'histoire. Mijoté aux pommes de terre mais pas assez de romarin, et l'ail il est où ? On a mangé toutes les deux, ma Charlotte et moi, pendant que l'autre consultait l'écran pour venir à table quand on a déjà servi le café. Jusqu'à quel point on peut être siphonné par son activité de livres, on se demande, pour venir comme deux ronds de sucre au moment du café sans rien dire d'autre de la soirée que bonjour Jocelyne, vous allez bien Jocelyne ? D'accord, on s'aime bien, avec ce garçon, il m'appelle affectueusement Jocelyne, alors que mon vrai nom est Marie-Jocelyne, mais lui il dit simplement Jocelyne, je trouve ça mignon, comme mon premier mari qui disait Marie-Jo. Kevin, il répète sous tous les tons Jocelyne, Jocelyne, pourtant c'est plus tellement à la mode comme prénom, mais moi la mode je m'en fiche pas mal.

On a bu le café, et là y est devenu tout excité, et tout. Il était content, et ça se voyait, mais comme il regardait pas Charlotte je me suis dit mince. Mon premier mari, avant qu'on se sépare, mais je radote. Bref, quand on a une activité plaisante, et là on voyait il avait du plaisir à son activité, faut partager avec sa compagne, le partage est un ciment, moi je dis, le secret des couples qui durent.

Charlotte qui demande de quoi, Kevin qui répond comme quoi il vient de faire un grand pas, il dit. Vers où ? ma fille demande. Vers la réparation d'une injustice, y fait, car j'ai maintenant ce pouvoir, y dit. Et il se tait, genre tu peux pas comprendre, genre c'est pas de ton niveau. Un meuble de rangement, en somme, dont on a perdu la clé. Lui, qui prend jamais les gens de haut, là, c'était un nouveau trait qui lui ressemble pas, comme s'il y a un obstacle entre eux dans le couple, un égouttoir ou une porte vitrée. Charlotte elle remarque même plus, comme elle vit avec lui tous les jours, comme on ne remarque pas l'enfant qui grandit, alors que le voisin si, pour peu qu'il ait des yeux.

Au déjeuner j'ai donc dit à Charlotte mes observations, ce à quoi j'ai vu ses joues mouillées. Après elle les a essuyées.

Rien n'est là par hasard, pensait Kevin tandis qu'il assistait, passif, à la réunion de rédaction à laquelle Descaribes l'avait convié dans un de ces démagogiques gestes de management dont l'objectif était de développer chez son subordonné le sentiment d'appartenance. On discutait des prochains invités politiques, des pincettes avec lesquelles on allait les manipuler, des temps de parole de chacun, et Kevin, qui n'avait rien à dire et dont l'avis n'intéressait personne, rêvassait à l'harmonie de la nature tout en se mirant dans le doigt d'honneur qu'il avait planté, comme à l'accoutumée, au fond de sa poche.

Le monde est bien fait, se disait-il. Une force inconnue fait naître des François-René et des Kevin. Le hasard insiste ensuite à les mettre ensemble, alors ils se parlent, échangent des bribes d'ambitions. Cette rencontre leur fait prendre des trajectoires inouïes, modifie en profondeur leur vision du monde et des priorités, alors qu'ils n'ont, au départ, rien en commun, comme on l'aurait compris d'emblée si l'on avait comparé leurs prénoms, d'extractions si différentes. Résultat : faisant une croix sur une sympathique (quoique modeste) renommée littéraire, François-René se pend pour une broutille. En face, Kevin, après avoir humilié l'écrivain de la pire des façons, devient un fan absolu de son œuvre. Et maintenant, parce qu'il s'est rendu à une soirée, on parle de lui dans un journal, et il sort de l'anonymat par la volonté d'un rédacteur émotif mué en justicier.

La situation ne manque pas de sel, pensait Kevin. Car de quel droit ces guignols de *Life & Style* défendent ainsi Pradel ? Qu'est-ce qui leur permet de se draper dans la toge des arbitres et de faire pleuvoir les mauvais points sur sa tête ? Cette arrogance des bons sentiments ! Cette suffisance de caste ! S'il y a quelqu'un en France de bien placé pour s'exprimer au nom des intérêts littéraires de Pradel, c'est lui, Kevin, qui le connaît comme personne, et qui a joué un rôle majeur, de l'avis même de *Life & Style*, dans la biographie de l'écrivain. De quel droit ces incultes se l'approprient-ils ? Qu'ont-ils fait d'utile dans le cheminement de Pradel ou pour son épanouissement, à part lui proposer un strapontin pour un texte dérisoire, qu'ont-ils bâti de concret autour du malheureux romancier pour se permettre d'agiter maintenant le verbe vengeur?

Kevin s'interrogeait ainsi depuis plusieurs jours sur les responsabilités de chacun dans cette affaire, et sur son nouveau statut, involontaire mais bien réel, de l'homme de l'ombre qui tire les ficelles [1].

Pendant ce temps, Descaribes motivait ses troupes par des portes ouvertes :

– À l'interview, le politique, on le met face à ses contradictions, prêchait-il, offensif. C'est à nous de garder l'initiative. Dynamisme. Pugnacité.

« Garder l'initiative. » Oui, pensait Kevin, c'est exactement ce qu'il devait faire maintenant. Il avait été aux commandes au début de l'histoire, il le resterait. Il était Kevin, après tout. Ce n'était pas rien. Pour Pradel, à tout le moins, il avait un devoir de suivi.

– Qu'est-ce qui fait sourire le responsable annonceurs ? demanda soudain Descaribes. Partage.

---

1. Le lieutenant de police fera remarquer que certains criminels fortement médiatisés à la suite d'une affaire sordide ou peu banale réagissent de manière comparable, avec cette complaisance narcissique envers eux-mêmes. Jouissant de leur célébrité tout en restant cachés, ils peuvent développer un syndrome de toute-puissance qui les poussera à récidiver ou les incitera à des bravades imprévisibles. Leur jugement devient souvent altéré et ils commettent plus de bourdes, ce qui facilite leur capture.

On pivota vers lui la tourelle du dédain.

– Oh, j'étais ailleurs, avoua facilement Kevin. Je pensais à un texte que je suis en train de rédiger. Le soir, chez moi.

– Quelle bonne nouvelle, fit Descaribes.

Cependant, dans les regards échangés entre eux, Kevin vit clairement un brin d'incrédulité sinon d'ironie moqueuse dont il connaissait bien l'origine.

« Aucune importance », se dit-il avec une légèreté inhabituelle, et, une fois à la maison, négligeant les restes du gigot de la veille ainsi que la belle-mère qui l'accompagnait de pommes de terre mijotées et de longues jérémiades sur les vertus du mariage, il se replongea effectivement dans son texte, une longue lettre à qui de droit, où il expliquait comment, dans quelles circonstances et dans quel but il avait connu Pradel. Il dit tout le bien qu'il pensait de ses livres, il parla de *La Tentation de la glissade*, bien sûr, mais aussi du dernier, qu'il avait lu en exclusivité. Il signa « Alexandre Janus-Smith » sans indiquer ni son vrai nom ni son adresse.

Le lendemain, profitant de l'imprimante de bureau qui vivait ses dernières heures, il imprima le roman de Pradel qu'il fit relier. Il y joignit la lettre et envoya le tout à la grande maison.

Là-bas, dans les tubes digestifs de la locomotive, le manuscrit de Pradel fit sensation. Bondissant par-dessus l'énième opus hypercalorique d'un écrivain connu mais fade, il culbuta un pavé conceptualisant pour lequel on pouvait difficilement s'enthousiasmer et ne fit qu'une bouchée d'une brochette piquante de premiers romans insolents, saturés de petites érections juvéniles. Par la grâce de l'étrange lettre qui l'accompagnait, il court-circuitait les filtres habituels, doublait les sages wagons des sorties programmées, circulait comme une pommade dans les étages supérieurs de la vénérable maison. Le lisait-on vraiment? Un peu, sans doute. Ses qualités littéraires étaient sublimées, devenaient évidentes comme un suppositoire. Le flair du boutiquier, qui n'est pas incompatible avec la grande littérature, suggérait que l'on tenait un livre renversant. L'auteur étant décédé, on serait certes en manque de présence médiatique faite de chair et d'os, handicap largement compensé par cette aura mystique qu'ont les morts quand ils nous livrent leurs écrits par-delà le Styx.

On contacta les ayants droit de Pradel (sa femme, sa fille), on leur présenta des horizons alléchants, elles signèrent tous les contrats mais se bloquèrent sur la préface et la quatrième de couverture. Il n'était pas question pour elles d'y voir apparaître le sinistre nom d'Alexandre Janus-Smith, et encore moins l'histoire du canular humiliant dont avait été victime leur père et époux. Elles ne souhaitaient rien d'autre que le texte brut, sans fioritures biographiques. Aucun détail intime ne devait filtrer, et surtout pas le suicide, pourtant très séduisant commercialement.

L'appel du porte-monnaie pouvait encore convaincre l'épouse, mais Myriam ne voulait rien entendre, et resta inflexible malgré la promesse de juteuses carottes. Encore bien jeune et idéaliste, rigide comme un fantasme, elle ne voulut rien sacrifier de l'immaculée réputation de son papa chéri. Vigilante, incorruptible, elle fit la chasse aux moindres allusions à l'affaire, se payant même un scandale avec le directeur général en personne, qui, de guerre lasse, serré par des arguments juridiques et des menaces d'émigration de son auteur vers d'autres cieux, fit passer à ses troupes un message de retenue. Ainsi l'autel d'Hermès resta vide, tandis que triomphait celui d'Apollon. Ce choix ne fut pas sans conséquences pour la carrière future du livre, mais on en était pas encore là.

Dans l'immédiat, la grande maison prépara le lancement de sa découverte. On était fin avril – très en retard pour une sortie en automne. Néanmoins, sentant le succès et lorgnant du côté des prix littéraires, la direction décida de précipiter les événements. On organisa à la va-vite une lecture « sur manuscrit » où l'on invita les journalistes qui comptent, les libraires influents. Un comédien récita de longs passages et le principal en fit une explication de texte, piochant sans vergogne ses idées dans la lettre de Kevin.

Pour ce qui était de la biographie, on précisa d'emblée (en baissant dignement les yeux) que l'auteur venait de décéder, hélas, ce qui expliquait son absence. La salle comprit « cancer », et l'on passa à autre chose, à savoir la brillante carrière universitaire de Pradel, son séjour initiatique en Guyane, sa correspondance avec Paul Auster, sa découverte de la Sologne qui avait été l'étape fondatrice que l'on savait, le coup de pouce spirituel derrière *La Tentation de la glissade*. La fille de l'écrivain, en infatigable cerbère, veillait à la pureté de la version officielle. Elle pointait son regard au curare sur les attachés de presse qui auraient été tentés d'en dire plus et scrutait les réactions des professionnels, plutôt réceptifs.

Kevin arriva en retard. Il se glissa dans la salle au moment où l'on parlait du terrible accident de ski (avec quatre fractures, dont une ouverte) sans lequel Pradel ne se serait jamais remis en question et que l'on pouvait donc considérer à juste titre comme le nouveau point de départ pour son imaginaire.

Il s'assit près de la sortie, comme tout cancre dans l'âme, et écouta le ronronnement aseptisé, guettant en vain le moment où l'on parlerait de Janus-Smith.

Quelques jours auparavant, il avait appris par une indiscrétion du service livres que son poulain avait été retenu par la prestigieuse maison. Il en conçut une juste fierté – n'avait-il pas été le premier à repérer ce texte incroyable du talentueux auteur? Il ressentit aussi comme un apaisement : preuve que sa conscience n'avait peut-être pas été aussi tranquille qu'il avait bien voulu le penser, à moins que sa sérénité ne fût comparable à cette espèce de soulagement qui gouverne un père qui vient de marier sa fille à un rentier.

Il lui parut étrange, dans ce contexte de célébration, et assez injuste, que son aventure avec Pradel ne fût mentionnée en aucune façon, même elliptique. La grande maison voulait certainement amoindrir son mérite de découvreur et tirer la couverture à soi, comme l'aurait fait n'importe quel éditeur, c'était compréhensible et décevant. Se faisant l'avocat du diable, il lui vint à l'esprit qu'il avait lui-même voulu rester dans l'anonymat, et qu'il ne pouvait se plaindre maintenant d'être laissé sur le bord de la route alors qu'il n'avait même pas noté son adresse retour sur le manuscrit. Mais une chose était son nom concret, dont la postérité n'avait que faire, évidemment, une autre était le rôle qu'il avait joué, et cet incident de parcours qu'avait connu le texte, certainement plus important dans la biographie de Pradel que l'interminable liste de livres qu'il avait potassés pendant sa convalescence, et que l'on débitait maintenant à la tribune.

– Cette période de gestation intense a été marquée par sa relecture de grands auteurs japonais, Mishima, Tanizaki, Kawabata…

Le directeur général récitait sa leçon de zoologie comparée, pendant que la salle, anesthésiée, luttait contre le sommeil.

Songez seulement que sans Kevin toute cette cérémonie idiote n'aurait jamais existé ! Sans lui, vous pourriez vous asseoir profond sur vos auteurs japonais, et sur le mont Fuji pendant que vous y êtes – telle était la pensée de Kevin. C'est pourquoi, quand vint la foire aux questions, n'y tenant plus, il leva le doigt :

– Et que pensez-vous de *Life & Style* et de cette lettre ouverte parue il y a un mois ? Un certain Janus-Smith aurait eu plus d'influence que tous vos Kawabata du monde.

Après une seconde de tétanos, le directeur général reprit ses esprits, chercha Myriam Pradel du regard, et balbutia qu'il ne voyait pas bien de quel article on parlait.

– S'il fallait suivre tous les articles, dans toutes les revues…

Il allait ajouter « obscures » mais il se mordit la langue en se disant que cet homme aux lunettes avenantes, à la mèche encore jeune et au costume un peu compassé, était peut-être lui-même pigiste chez *Life & Style*, ce nouveau magazine où l'on pouvait espérer caser quelques auteurs de la maison.

– Excusez-moi, mais vous êtes de quel journal ?… tenta-t-il de se renseigner.

C'était maladroit, mais cette phrase suffit à provoquer chez Kevin un réflexe de repli. Son instinct d'animal de l'ombre se crispa aussitôt. Et si l'idée leur venait de lui demander comment il s'appelait ? Il dirait quoi ?

– Aucune importance, fit-il, un peu perdu. C'est rapport à l'actualité et euh… peu importe.

Quelques instants de flottement suffirent au directeur général pour reprendre ses esprits et allumer un contre-feu rhétorique, puis il noya défini tivement le poisson dans le bain des autres sorties prévues en septembre[1].

On en avait fini avec Pradel, on passa aux autres poulains qu'il fallait promouvoir.

Frustré, Kevin sortit de la salle et se replia vers les amuse-bouches, en se demandant comment il allait vivre désormais. Était-il opportun de contacter un journaliste pour lui raconter son histoire, et, dans l'affirmative, lequel choisir pour préserver au mieux son anonymat ?

Un cornichon entre les doigts, un autre dans le gosier – ce fut dans cet état de pathétique contrainte alimentaire qu'il fit une rencontre qui se révélerait capitale pour le reste de son existence.

Une petite brune l'accosta avec un air de timide réserve.

– Excusez-moi, fit-elle. C'est à propos de votre question de tout à l'heure, ce papier dans *Life & Style* dont personne ne parle ici pour une raison qui m'échappe. J'ai senti que c'est un sujet qui vous tient à cœur, et il se trouve que moi aussi.

---

1. Sur la cinquantaine de personnes présentes à cette réunion et que l'on a interrogées ultérieurement, deux seulement, à savoir le directeur général et Myriam Pradel, se souviendront de cette intervention de Kevin et des réponses opiacées de la grande maison qui ont eu le don d'endormir encore plus l'assistance.

Elle avait des yeux malicieux et une manière de pencher imperceptiblement la tête qui provoqua chez Kevin un léger et sympathique vertige. Ils causèrent un peu.

Claudia était stagiaire. Entrée depuis peu dans la grande maison, elle s'occupait à mettre sous pli le service de presse. Et, symétriquement, à ouvrir les paquets avec les manuscrits qu'on leur envoyait de partout (« dix par jour, en moyenne »). C'était elle qui avait découvert la lettre de Janus-Smith en premier. Depuis, se sentant à l'origine du monde, elle était comme hypnotisée par cette affaire.

– Moi aussi, avoua Kevin.

– J'ai mené ma petite enquête, se vanta Claudia. C'est ainsi que j'ai découvert *Life & Style*, et bien d'autres choses encore.

– Voyons ça, sourit Kevin.

– Vous, vous en savez davantage que ce vous voulez bien en dire, analysa finement Claudia.

Pendant ce temps, un écrivain de la rentrée était monté sur l'estrade et mâchouillait un extrait de son livre. Le micro bâillait et faisait du larsen. La lecture, déjà pénible, devenait alors une torture physique, que le beau monde supportait avec une remarquable abnégation.

– Cette futilité ! chuchota Kevin en désignant le cirque littéraire. Quand on pense que ce brontosaure grotesque bénéficie d'autant de temps d'autopromotion qu'un écrivain aussi singulier que Pradel, on est à deux doigts de renier la démocratie.

Elle rit (un peu trop bruyamment), et, par complicité tacite, ils s'éloignèrent dans une autre pièce tout en poursuivant leur conversation.

Céline, Proust… S'était-il laissé prendre au jeu des sous-entendus espiègles ou avait-il trop bu de champagne, à moins qu'il n'eût capté un signal de bienvenue très encourageant dans la façon qu'avait Claudia d'attendre ses paroles, toujours est-il qu'une heure plus tard il en avait suffisamment dit pour qu'elle lui assène :

– Dites, je pense que vous le connaissez, cet Alexandre Janus-Smith, peut-être même très bien, peut-être est-il un copain… ou peut-être… un membre de votre famille. On sent qu'il vous tient à cœur, et qu'il y a comme un lien entre vous.

Surpris mais pas décontenancé, admiratif aussi devant la perspicacité de cet esprit qui bondissait aux conclusions et avait l'air de vouloir le disséquer en rondelles, Kevin ne put s'empêcher de confirmer :

– Vous êtes redoutable.

Il s'enferra ensuite à expliquer qu'Alexandre était un ami. Un camarade de promotion. Un être singulier, en effet. Un solitaire sans doute, mais charmeur et attachant, un peu diabolique aussi, manipulateur aux dépens des baudruches, un loup-garou irresponsable mais relativement inoffensif. Son côté Robin des bois dans la chasse aux vanités contemporaines en faisait une personnalité hors normes. Ce n'était pas tous les jours que l'on croisait un gars aussi original.

– Je n'apprécie pas forcément tout ce qu'il fait, nuança Kevin. Alexandre est têtu, un peu maniaque sur les bords, et je ne comprends pas toujours où il veut en venir.

– Il doit apprécier le sentiment de puissance que lui procure sa clandestinité, remarqua Claudia.

– Parfois ça lui pèse. Et maintenant, avec Pradel édité, je sens qu'il est un peu perdu. Comment continuer ? Et pour quoi faire, d'abord ? Tout cela est assez brouillon.

Entre deux rots au champagne, Kevin s'étonna de la facilité avec laquelle il livrait ses angoisses à une inconnue. Plaisir et soulagement se mêlaient, et, par ricochet, il adressa un reproche mental à Charlotte, qui n'avait jamais su l'écouter et dont les moyens intellectuels limités enfermaient leurs discussions dans un étrange tupperware où il avait l'impression de moisir. Était-ce aussi parce qu'il avait le sentiment que ce qu'il racontait importait vraiment à cette jeune femme ? Elle ne se privait pas de lui poser des questions pertinentes et profondes, sans jamais le juger ni l'étiqueter. La complexité même des méandres psychologiques où se démenait Janus-Smith la fascinait, elle voulait en savoir toujours plus. Et pas une réprobation, même voilée. Aucun agacement ou pose morale. Comme cela faisait du bien ! Kevin en vint à se critiquer lui-même :

– Pour y avoir pas mal réfléchi, je ne suis pas certain qu'Alexandre ait eu raison. Humilier pour le plaisir un type qu'on ne connaît pas est humainement bancal.

– Le crime n'est pas bien grand, souffla alors Claudia. Votre ami n'a rien à se reprocher. Et s'il en doute, dites-lui de m'appeler.

Elle prit à la dérobée un livre sur la table de l'éditeur, en arracha la page de garde, y nota un numéro de portable [1].

– Je crois que j'ai un faible pour ce type, ajouta-t-elle en fourrant le papier dans la main de Kevin.

Il sentit des papillons se poser sur sa mèche rebelle pour s'envoler dans de romantiques tourbillons.

– Mais vous aussi, vous pouvez m'appeler, dit alors Claudia, magnanime, et Kevin comprit qu'elle lui plaisait beaucoup, avec ses sourcils en apesan-

---

1. On retrouvera ce bout de papier dans les affaires de Kevin. Il a été versé au dossier sous la référence Doc/H./Autre doc./44. Cela peut paraître dérisoire, mais montre bien la minutie pédante du lieutenant de police Gérard Rouche.

teur, sa robe merveilleusement tendue aux endroits miraculeux de son corps, sa façon de minauder où il retrouvait beaucoup de lui-même, un mélange d'insolence et de timidité, comme s'ils étaient deux feuilles d'une même branche.

En 1911, quand il théorisa le cycle des rendements chez l'ouvrier, le grand Frederick Winslow Taylor oublia de tenir compte d'une loi pourtant fondamentale : les jeunes amoureux travaillent bien mieux que leurs congénères usés par les liens matrimoniaux. Voyant le monde à travers les lunettes roses de la passion naissante, ces enthousiastes remarquent moins l'affreux débilisme de leurs supérieurs. L'aliénation de la tâche ne les déprime plus, leurs forces morales et physiques se démultiplient, tout leur semble facile, ils deviennent imaginatifs et conquérants. Le management moderne aurait tout à gagner en embauchant des amoureux – encore faudrait-il mettre au point un test pour diagnostiquer cet état enchanteur (au même titre que l'on teste le niveau d'anglais) sans empiéter pour autant sur la vie privée, dont on connaît le caractère inviolable.

Certains signes néanmoins ne trompent pas. Parfois Kevin sortait le bout de papier avec le numéro de Claudia, le fixant dans une contemplation muette comme s'il y lisait la formule de la vie éternelle. Ou, un peu plus tard, quand il se mettait à fouiller fiévreusement ses affaires à la recherche du même papier qu'il pensait avoir perdu, pour le retrouver bêtement dans l'autre poche de sa veste, on voyait une vague de bien-être balayer son visage tendu, alors même que l'enjeu était des plus dérisoires car il avait déjà copié-collé le sésame à deux endroits de son agenda, sous les intitulés « Claudia » et « Contact grande maison ».

Armé de son bout de papier, Kevin voyait les rendez-vous professionnels filer à toute vitesse et saucissonner la semaine en une formidable marche triomphale. Comme dopé, il s'y montrait énergique, son esprit affûté décochait les traits d'esprit avec une facilité de métronome, des arguments imparables lui venaient en tête facilement et les budgets tombaient dans sa bonne humeur teintée de roublardise.

– Ç'en est trop, finit par s'agacer Descaribes, quand, le mercredi matin, Kevin lui annonça qu'on avait bouclé le budget avec quinze jours d'avance.

On dépassait les quotas de la semaine. Il fallait insérer un parrainage supplémentaire dans la case matinale, en priant que le Conseil de surveillance ne s'en aperçoive pas.

– On n'ira pas le crier sur les toits, hein. Discrétion. Sobriété.

Kevin fut prié de mettre la pédale douce, car personne n'avait intérêt à chambouler la grille des programmes qu'on avait mis tant de temps à peaufiner avec un astucieux panachage de ficelles diplomatiques et de rustines d'ego. Sans oublier la comptabilité, toujours sournoisement poisseuse, auprès de laquelle il fallait justifier chaque recette imprévue autant que la dépense.

Réduit à ronger sa laisse, il eut encore plus loisir à se vautrer dans le téléphone de Claudia. Plusieurs fois il composa les neuf premiers chiffres, puis caressa du pouce le dixième, sans oser appuyer. Ah ! que n'était-elle un écrivain ! Alexandre Janus-Smith n'aurait pas hésité à lever son fusil à lunette pour l'aligner tranquillement sur son tableau de chasse. Kevin, lui, n'avait jamais été entreprenant avec les femmes, sans même parler des intellectuelles – difficile de faire des prouesses avec ce prénom ridicule.

Il en était là dans ses hésitations douces-piquantes quand il entendit du grabuge au bureau.

– Comment il a pu faire ça, l'Olive, disait Marie-Louise avec une intonation de fin du monde. Je ne comprends pas, c'est vraiment moche !

– C'est odieux, oui ! s'énervait Jérémy.

Ils avaient l'air bouleversés.

Kevin se leva, intrigué :

– Que se passe-t-il ?

On lui apprit alors le scandale. Olivier avait été surpris en train de poster des remarques sarcastiques sur le blog de la radio en se faisant passer pour un auditeur anonyme – alors qu'il était censé animer le forum tout en étant un modérateur impartial.

Le matin, en marge d'une émission politique, la radio avait organisé un débat convenu autour du « colbertisme économique à la française ». Ce fut après l'émission, dans l'espace de liberté laissé aux auditeurs sur internet, qu'Olivier avait écrit en cachette plusieurs billets dont le contenu était résolument favorable à la privatisation du secteur public. Puis le coupable était parti pour une interview à l'extérieur sans se douter de la troublante découverte qu'on était en train de faire dans son dos.

– Heureusement que le système a planté avec un freeze des écrans, et que Marie-Louise était dans les parages, sinon on n'en aurait jamais rien su. Il aurait pu continuer son manège encore longtemps !

Ce qui révoltait Jérémy n'était pas tant la faute déontologique que les opinions exprimées. Car on découvrait le loup sous le masque de la paisible Olive, un Mr. Hyde vicelard. Sans ambiguïté possible, ses posts révélaient un crypto-capitaliste, qui, sous le pseudo immature de captain_america, appelait de ses vœux une tornade libérale, seule manière à ses yeux de sortir la France de la maladie du sommeil.

– Quel hypocrite, quel faux derche ! fulminait Jérémy. Dire que j'ai travaillé avec l'enflure pendant tout ce temps sans me douter une seconde. C'est à vous dégoûter ! Le type était censé modérer le forum, pas y poster ses cochonneries !… Cahuzac !

– J'avais un pressentiment, moi, dès le premier jour, radotait Marie-Louise comme une commère auprès d'un fait divers. Sous ses airs de coolitude, genre « j'assure à max avec mes blagues vaseuses », je sentais le délicat fumet du réac, moi. J'ai un flair pour ces types, mine de rien. Parfois il sortait une énormité, on riait, mais on se demandait si c'était du lard ou du cochon, tout de même.

– Ouais, c'est exactement ça. La pourriture !

Que faire avec le sociotraître ? En parler à Descaribes, c'était entendu. Et urgent, car, au fur et à mesure que la nouvelle se répandait à l'étage, le travail cessait, provoquant une chute vertigineuse de la productivité. Il y eut un concours d'indignation et de pose, on évoquait les châtiments possibles, on se remémorait tous les péchés passés de cet Olivier de malheur, depuis la fois où il avait doublé dans la queue à la cantine jusqu'à cet enregistrement d'émission, conservé sur une clé USB que Jérémy avait prétendument égarée et qu'on avait retrouvée comme par hasard dans ses affaires.

On chercha Descaribes, on ne le trouva point, on se souvint qu'il avait été convoqué dans de hautes sphères où l'on ressassait pour la centième fois la prochaine réorganisation de la radio.

Il fut alors proposé de signer une pétition.

Un volontaire, rapide à l'écriture, brossa dans des tons amers l'inqualifiable conduite d'Olivier. On ne le désigna pas nommément toutefois, par ultime lâcheté, on se contenta de termes généraux où l'on s'indignait (encore) contre les briseurs de confiance, les individualistes, les parasites qui se servaient de leur outil de travail pour diffuser une idéologie réactionnaire sur une radio qui avait vocation à la neutralité la plus absolue. Tout le monde fut convié à y apposer sa signature, et Kevin dut s'exécuter devant le regard soupçonneux de Jérémy qui vérifiait que son gribouillis fût bien lisible, puis on porta le document comme on porte le cercueil d'un martyr de la liberté, dans l'enthousiasme et le recueillement, pour l'accrocher au tableau commun. Quelqu'un eut l'idée d'y épingler aussi une photo d'Olivier, découpée dans le trombinoscope, mais d'autres, plus doux, jugèrent la mesure inutile, voire vexatoire. On n'était pas là pour stigmatiser, plaida-t-on. Leur action visait à corriger les erreurs et guider les égarés. Tout le monde avait le droit à une deuxième chance.

Jérémy n'en était pas si sûr, lui. Il aurait voulu un engagement immédiat, un lynchage plus viril. À écouter les deux camps exposer leurs arguments dans un ping-pong effrayant, tissé de haine civilisée où l'envie de meurtre se dissimulait sous la moraline, Kevin eut envie de partir en courant – ce qu'il ne pouvait se permettre. Au prétexte d'aller guetter Descaribes aux étages supérieurs, il s'extirpa néanmoins du groupe, s'isola dans la cage d'escalier.

Il vit alors les portes de l'ascenseur s'ouvrir sur un Olivier arrivant de frais au bureau, à mille lieues de se douter qu'une tempête l'attendait.

– Salut, chef!

Méfie-toi, Olivier, aurait voulu crier Kevin. Ton petit manège a été découvert. Les hyènes sont là, à t'attendre. Prépare-toi à déguster. Sache que personnellement, je n'ai pas voulu ta mise à mort. Je ne suis qu'un brin d'herbe porté par le torrent. Si j'avais été plus courageux, j'aurais pris publiquement position pour toi, je serais monté sur un cheval ailé et j'aurais défendu ta liberté iconoclaste, surtout que ton mode de fonctionnement en cachette m'est familier au-delà de ce que tu peux soupçonner. Nous avançons masqués tous les deux, nous donnons le change pour distraire les médiocres, mais le sentiment d'injustice se comprime comme un vérin invisible et cogne, cogne, cogne en chacun de nous. J'aurais pu te soutenir, mais je ne peux risquer de perdre mon travail pour tes beaux yeux, surtout qu'au fond, on le sait, tu appartiens à la même bande d'indécrottables fats qui grouillent ici, tu me méprises depuis le début sans chercher à me connaître, mon prénom t'a suffi pour me cataloguer. J'ajouterai, sans me vanter, que ton action subversive est dérisoire à côté de ce que j'ai eu l'occasion de pratiquer, moi. Alors pardon ! Mille excuses et ruban de deuil ! « Ci-gît l'Olive, petit révolté aux petites espérances, petit cadavre. »

Il aurait voulu exprimer tout cela, mais il ne put que saluer Olivier un brin plus amicalement que d'habitude, ponctuant d'un « Tiens bon ! » mi-attristé mi-complice[1].

Puis, humilié par sa propre couardise, dans une sorte d'élan rageur, Kevin dévala les escaliers, sortit au grand air parmi les grues et les barrières défoncées d'un chantier interminable, attrapa son portable.

– Allô, Claudia ?... Alexandre Janus-Smith à l'appareil. Un ami m'a parlé de vous.

---

1. Interrogé au sujet de leurs rapports au bureau, Olivier P. déclarera avoir été souvent agacé par l'attitude de Kevin, qu'il jugeait « obséquieux » ou « archaïquement déférent ». « En se conduisant en larbin, il faisait exprès de nous mettre mal à l'aise. »

Pour se ménager une porte de sortie, il avait pris ce ton détaché du professionnel débordé. Peine perdue : Claudia semblait ravie, et, très vite, leur conversation devint enthousiaste, comme lâchée sur une pente enneigée.

– J'éprouve un très grand intérêt pour vous, disait Claudia. Enfin, pour votre aventure, corrigeait-elle aussitôt.

Sans s'éterniser, ils convinrent d'un rendez-vous.

Pour saluer cette liaison naissante, une bétonneuse se mit à faire du bruit. « Alea jacta est », pensa Kevin en raccrochant. Et aussi : « Elle ne sera peut-être pas aussi surprise que cela, quand elle verra qui est Janus-Smith. » Car on la sentait perspicace, cette jolie brune. Bien plus fine que Charlotte.

Quand il remonta dans ses pénates, il entendit une discussion animée. « Ça y est, ils lui règlent son compte. » Les chiens de garde faisaient cercle autour d'Olivier qui s'employait à envoyer de la fumée. Ce n'était pas lui, le fautif, disait-il. Quelqu'un avait piraté son compte à distance, et se servait maintenant de ses identifiants pour créer des avatars sur son poste.

L'explication était confuse et moyennement crédible. « Stupide mouche sans talent, prise dans du miel », pensait Kevin.

Olivier cependant défendait son honneur avec l'énergie du désespoir. Il exhibait ses mails, ouvrait son disque dur à toutes les perquisitions, montrait que jamais rien dans ses documents ou ses pensées ne pouvait s'apparenter à une trahison de ses idéaux.

– Piraté ou pas, tu as quand même été contaminé à l'idéologie libérale, trancha pourtant Jérémy. À force d'animer ce forum… On ne peut se permettre de frayer avec l'immondice tout en pensant s'en sortir avec les mains propres.

– Ah mais non, balbutiait Olivier. C'est tout le contraire.

Il en pleurait :

– Si vous saviez toutes les saloperies que j'ai modérées, tout le contenu abusif que j'ai écrasé !… Tenez, rien qu'aujourd'hui…

Il cliqua dans un fichier d'archive où il conservait l'historique des posts, et l'on vit les ténèbres s'ouvrir à l'écran. De sombres tentacules gluants s'en échappèrent : des élucubrations capitalistes, des provocations, des aigreurs d'extrême droite, des méchancetés, tout ce qu'Olivier avait purgé dans la matinée, tel un exorciste consciencieux qui aurait assisté à une messe noire.

– Lisez donc celui-ci, regardez celui-là !… Heureusement qu'on m'appelle vigilance !…

On restait sans voix, effondré devant ce défilé d'opinions monstrueuses, ces fœtus malformés, évadés de la Kunstkammer de Pierre le Grand.

– Enlève-moi ça ! articula Marie-Louise, épouvantée.

Olivier fit suppr, suppr, suppr, tout en psalmodiant :

– Quand on voit tout ce nettoyage, ces heures que je passe à surveiller les latrines du web, me soupçonner, moi, de faire le jeu des forces rétrogrades ! Moi qui ai tout le temps œuvré au bien-être de la radio, moi qui ai toujours défendu les dynamiques de progrès !... M'accuser dans ces conditions, ah ! les mots me manquent !

Les autres, confus, le consolaient maintenant, se cherchaient des excuses.

– Tu comprends, on est sur les nerfs en ce moment, à cause de la réorganisation, se justifiait Marie-Louise.

On déchira la pétition, on paya le pot, et l'on resta un peu plus tard que d'habitude, non pour faire avancer quelque dossier pressant, mais pour panser les blessures, avec un Jérémy toujours bougon et un Olivier pas rancunier, qui distribuait les bons points.

– À votre place, j'aurais fait pareil, les gars. Vous avez bien fait. Mieux vaut trop de zèle que pas assez. Dieu sait où le réactionnaire va se nicher !

– Mais où est le chef de pub ? s'étonna alors Marie-Louise.

Kevin était parti depuis longtemps. Sans attendre le pot, sans participer à la cérémonie de cohésion du groupe, sans dire au revoir.

– Vous avez remarqué comme il n'a rien dit, ce type-là, sur l'incident, constata Marie-Louise. À croire que ça ne le concernait pas. À force de se la jouer perso, il ne faut pas qu'il s'étonne après.

– On voyait qu'il pensait à ses tableurs, cingla Jérémy. Toujours à compter l'argent. Ç'en est caricatural, vraiment. Quel blaireau !

– Il y a des prénoms prédestinés aux pires beaufitudes, dit Olivier.

On passa alors quelques phrases à discuter des prénoms idiots ou typés, on évoqua Brandon, Duncan, Marie-Chantal, Juvénal et Samantha, puis on se dépêcha de rentrer, car on n'était pas payé pour faire des heures sup.

Mon rôle en tant que maman de ma fille Charlotte est de veiller sur elle quand mon intuition me dit qu'il y a danger, car question intuition j'en ai toujours eu. Mon rôle est aussi de l'aider à traverser les périodes difficiles, grâce à mon expérience du couple, surtout en termes de maris, on aurait tort de se priver d'un conseil avisé quand on peut compter sur le soutien d'une mère. Sans oublier les questions matérielles que les femmes jeunes ne se posent pas beaucoup, car elles ont la tête pleine de poésie, surtout les Balances comme Charlotte, mais que les mères savent gérer, surtout quand elles sont Sagittaires comme moi. Car le matériel finit toujours par rattraper les fleurs bleues dans un mariage, voire écraser, alors même qu'il y a encore rien de solide entre ma fille Charlotte et ce garçon Kevin, aucun mariage en perspective, en tout cas ça se saurait, et ce malgré cinq années de vie commune.

C'est ce que j'ai dit à Raymonde, quand je suis allée la visiter à la maison des Trois Ormeaux, à Meudon, dans la région où a grandi Kevin, alors que nous on vient de Vendée. Elle était étonnée, Raymonde, de me voir débarquer, mais pas autant que moi quand j'ai vu qu'elle faisait vraiment vieille, avec des jambes toutes grosses et des problèmes de circulation que je pense éviter quand je serai à son âge, car je marche beaucoup et jamais de viande trop cuite. Attention, Raymonde, je lui dis, ne vous laissez pas aller. « Où ça ? » elle demande. Vraiment elle est moche aussi question compréhension, et cette morne plaine dans les yeux, à force de voir le même programme sur la télé du salon, autant fixer pendant des heures un lit à baldaquin.

L'infirmière était contente que je vienne voir Raymonde, elle est autrement bien seule, qu'elle me dit, l'infirmière, même s'il y a beaucoup d'autres grands-mères autour, alors qu'elle est même pas grand-mère quand on y pense, car Kevin n'a pas d'enfant. Parfois elle joue au scrabble avec d'autres pensionnaires, et elle perd.

Raymonde a une chambre au deuxième étage avec vue sur le parking, et, à gauche, il y a un groupe d'arbres qu'ils taillent quand je viens. C'est bien, je lui dis pour être agréable, c'est vert par chez vous, et aussi le personnel médical qui arrive et repart dans sa voiture, vous êtes aux premières loges, ce n'est pas comme Kevin qui s'absente pendant des heures et l'on ne sait pas où il est. Oh, elle soupire d'aise, oh, Kevin y vient une fois par semaine, elle re-soupire. Elle peut re-soupirer tant qu'elle veut, Raymonde, et rayonner même, mais moi je sais que c'est pas souvent qu'il vient, Kevin, à la maison des Trois Ormeaux, d'après Charlotte. Une fois par mois, déjà, serait le bout du monde.

Comment, dit Raymonde, j'ai beau être en marasme, qu'elle dit, mais il était là tout à l'heure. Je sais, je sais, dis-je. C'est pourquoi je suis venue juste après, histoire de savoir s'il a partagé quoi que ce soit à propos de ma fille Charlotte, car je crois qu'il est de notre devoir de les aider à se maintenir ensemble, malgré l'eau dans le gaz, si vous voyez ce que je veux dire, Raymonde.

Elle : rien. Moi : me faites pas croire que vous avez déjà tout oublié ce qu'il vous a dit, alors qu'il était là il y a une demi-heure. Les problèmes de mémoire s'arrangent pas, d'accord, mais il y a aussi une question de volonté. Elle : non, je me souviens très bien, on a pas parlé de votre fille Charlotte. Alors moi : de quoi avez-vous parlé pendant une demi-heure pendant que j'étais dans ma Clio bleue sur le parking à surveiller sa Clio rouge et attendre qu'il parte pour venir vous parler en toute quiétude ?

Alors elle me prétend qu'ils auraient parlé de son prénom Kevin, et ce pendant une demi-heure, alors qu'il n'était pas venu voir sa maman depuis un mois, au bas mot. Pourtant elle est sûre d'elle, Raymonde, son fils aurait voulu savoir précisément pourquoi on l'a appelé Kevin, c'est une idée fixe qu'il a, dont je suis déjà pas mal au courant, car ma fille Charlotte en parle souvent.

C'est vrai ça, Madame, je dis, et pourquoi Kevin ? Pourquoi pas Christian ou Lorenzo, comme mon deuxième mari, il avait ce prénom tellement beau.

Et là je remarque qu'elle est perdue, Raymonde, comme déboussolée sans Nord par cette question alors que son fils Kevin lui avait assené la même chose il y a une demi-heure à peine, elle s'assied péniblement dans son fauteuil médicalisé, elle ferme les yeux genre laissez-moi en paix. O.K., moi, la seule chose qui m'importe étant le bonheur de Charlotte ma fille, j'insiste pas, sauf que je lui rappelle que son Kevin ne trouvera pas meilleure épouse que Charlotte, même s'il s'appelle Christian ou Lorenzo, ce dernier avait aussi de grands yeux verts, alors que Kevin est marron comme Charlotte.

Soudain on joue la marche de Beyoncé, vous imaginez ma surprise, et Raymonde aussi, on se demande d'où vient la musique, mais je comprends vite, c'est le portable de Kevin qui sonne, il l'a oublié chez sa mère tout à l'heure, on se demande ce qu'il a dans sa tête, à force de penser à son prénom comme à une écharde. Le portable vibre, on le regarde avec Raymonde, elle ose pas le prendre mais moi je dois veiller à ma fille Charlotte, et je vois bien que c'est pas ma fille qui s'affiche mais une certaine « Claudia », avec un visage très avantageux de petite brune voyez le genre et un grand sourire, le genre qui plaît. On laisse sonner puis messagerie. Raymonde, elle sait pas se servir d'un portable, car elle est née au XXe siècle, moi aussi, mais c'est différent, j'ai été mariée deux fois.

« Claudia » ! J'attire l'attention à Raymonde, par la même occasion je prends le portable à Kevin pour voir s'ils ont échangé des textos, car c'est à Charlotte ma fille que je pense, et je découvre l'étendue, il suffit d'appuyer sur « historique », on comprend tout de suite, pas besoin de faire son brevet au collège. « Claudia », « Claudia », « Claudia », « Charlotte », « Radio », « Claudia », « Claudia », « La Régalade », « Claudia », on dirait un dégât des eaux avec toutes ces « Claudia » tellement il y en a.

Cette régalade est un restaurant, je vous parie, et c'est pas avec Charlotte qu'il y était, elle qui n'aime pas beaucoup sortir car elle préfère cuisiner chez elle, sauf les champignons à cause de l'odeur, comme mon premier mari, il supportait pas le foie de veau et le steak tartare, moi qui suis cordon bleu de l'assaisonnement.

Raymonde, je dis alors, faut qu'on se mobilise, sinon nos enfants vont à la rupture, c'est couru, d'autant qu'ils sont même pas mariés après cinq ans de vie commune. Elle est perdue, Raymonde, elle somnole sur le fauteuil, c'est l'heure de sa sieste, trop d'émotions, et son Kevin qu'elle voit pas depuis des mois, et tout, et maintenant cette « Claudia » dont on se demande comment faire.

Mon autre œil observe par la fenêtre et je vois la Clio rouge à Kevin rouler sur le parking. Il a dû penser à son portable, il revient le chercher, pas les beaux yeux de sa maman. Bon, il est temps, je m'en vais. Raymonde, je dis, n'oubliez pas notre conversation, et je sors rapidement pour éviter Kevin, car, pour ma fille Charlotte et son bonheur, une belle-maman sur le dos c'est pas top, j'en sais quelque chose, j'ai eu deux maris, donc deux belles-mamans et une belle-sœur, encore que je sois pas vraiment belle-maman car ils sont toujours pas mariés malgré mes efforts.

Alexandre Janus-Smith, Kevin et Claudia dînèrent en effet à « La Régalade », un jeudi, en première partie de service, pendant que Charlotte, prise par sa pharmacie, triait le stock pour un bilan comptable[1].

Janus-Smith avait beaucoup d'appétit et parlait abondamment, rendant en paroles ce qu'il ingurgitait en nourriture, Claudia écoutait, fascinée par l'envergure du bonhomme, et semblait parfois au bord de la pâmoison. Kevin mangeait peu, buvait avec transport et se demandait comment

1. On a retrouvé sur le cahier des réservations de « La Régalade », à la date du jeudi 18 mai, le prénom « Claudia », écrit au crayon, ainsi que son numéro de portable, preuve que c'est elle qui a choisi l'endroit et réservé. Le restaurant est idéalement situé, à mi-chemin entre leurs domiciles respectifs, tout en étant suffisamment éloigné pour ne pas risquer de croiser Charlotte.

faire converger vers lui ces ondes de séduction qui chaviraient l'atmosphère. Sa posture était moins flamboyante que celle de son rival, son plumage bien terne, et il n'avait pas grand-chose à raconter, à part accrocher des bémols moraux aux exploits de Janus-Smith, ce qui le mettait en position inconfortable de loser.

– Si c'était à refaire, j'hésiterais vraiment, disait-il.

Ou bien :

– J'ai pas mal progressé ces derniers mois. Je ressens moins le besoin de secouer le cocotier. La farce a ses limites.

Il voyait bien qu'on ne l'écoutait pas vraiment. Cependant, quand il avoua en filigrane qu'il se sentait responsable du destin tragique de Pradel, Claudia murmura quelque chose comme « foutaises » et il sentit de sa part un regain d'intérêt.

– Mais j'y pense, dit-elle, je ne connais toujours pas votre vrai nom.

Kevin eut alors un spasme agréable. On s'intéressait enfin à lui ! C'était tellement inespéré que Janus-Smith s'arrêta de manger et regarda, bouche bée, Kevin faire le beau à son tour.

« Les introvertis se lâchent », pensa Janus-Smith, sarcastique.

Gêné et bégayant légèrement, Kevin annonça qu'il s'appelait Kevin, puis il prit un air d'indifférence absolue, comme s'il avait parlé du beau temps ou qu'il avait dit « Sébastien » ou un autre prénom sans relief.

– Ah, fit Claudia.

Il tenta de percer les secrets de ce « ah ». Il vit immédiatement qu'il manquait un point d'exclamation, qui aurait été une marque de surprise et symptôme d'une attitude arrogante, comme dans « je m'en doutais ! » ou « mazette, c'est un Kevin ! » qu'il avait entendu tant de fois dans des « ah ! » d'apparence triviale. Ce n'était pas non plus une interrogation, un « ah ? » de curiosité chaloupée, voulant dire : « Tiens, je n'aurais jamais cru ça de lui », ni un « ah ?! » inquiet, signifiant : « Mon Dieu, je suis tombé bien bas, j'ai des Kevin dans mes relations. » Le « ah » de Claudia était nu à son extrémité, il n'était pas non plus accompagné d'une platitude cherchant à masquer l'embarras – « c'est américain, Kevin, je crois », ou, pire : « J'ai connu un Kevin quand j'étais en sixième, un type très bien. »

Il se concentra ensuite sur la commissure des lèvres, qui lui parut neutre, simple et bienveillante, et il en conçut un certain soulagement. Notant son intérêt, Claudia se mit à s'essuyer assidûment avec une serviette et sa jolie bouche se déroba aux regards. Puis elle s'éclipsa aux toilettes.

Quand elle revint, il y eut un flottement, qui le poussa à dire sur un ton enthousiaste, un peu surjoué :

– Oui, j'aime beaucoup mon prénom.

Allez savoir pourquoi il eut besoin de ce mensonge. Sans doute sentait-il qu'une époque nouvelle de son existence était sur le point de commencer, et il tenait à l'attaquer d'emblée du bon pied.

– Kevin est un prénom, comment dire… commença Claudia.

Ses incisives brillèrent joliment.

– Je sais, dit Kevin. On l'entend souvent. Mais j'aime encore mieux mon prénom que d'être enduit d'arrogance intellectuelle, comme tous ces prétentieux, même s'ils s'appellent Pierre, Olivier ou Marie-Louise.

Il expliqua à Claudia, très intéressée, qui étaient ces personnes. Il en fit un portrait décapant (Claudia riait beaucoup) sans pour autant préciser qu'il travaillait à la radio, sans raconter non plus ce qu'il y faisait, car il avait peur que son métier trop commercial la rebute, elle qui nageait dans les cascades ronflantes de l'édition. Point trop n'en fallait pour un premier dîner, jugea-t-il.

– Voilà, je m'appelle donc Kevin, répéta-t-il en prenant de l'assurance.

– Kevin comment ?

– Kevin Descaribes, dit-il dans un de ces réflexes absurdes, quand on met le premier masque qui vient.

« Ça sonne faux, Kevin Descaribes, c'est terrible », pensa-t-il aussitôt.

À cet instant, Claudia le buvait des yeux, il l'intéressait au plus haut point, jusqu'à en oublier l'existence de Janus-Smith (malgré sa présence insistante). Quel agréable paradoxe : c'était par son prénom, vecteur de tant de petites humiliations, qu'opérait maintenant l'étincelle de la séduction. Mais pouvait-il en être autrement, quand on y songe ? Aucun autre thème n'était plus proche de Kevin, aucune autre clé n'ouvrait aussi bien l'artichaut qu'il avait dans le cœur, le montrant sincère et vulnérable, complexe et tellement humain.

En vain l'infatigable Janus-Smith tenta-t-il de reprendre la main en parlant des cartes de visite et de sa manière astucieuse de les imprimer au travail et d'y composer une adresse mail attirante. Claudia semblait fascinée par Kevin et lui seul.

– Vous êtes étonnant, disait-elle. Ce mélange d'assurance et de fragilité. Malgré le jeu de rôle que vous pratiquez à longueur de journée avec un talent certain, vous êtes la personne la moins hypocrite que j'aie jamais rencontrée. On lit dans vos cachotteries à livre ouvert.

Elle le complimentait maintenant. Comment ne pas être en intelligence avec cette jeune femme dont il était brusquement devenu mordu ?

– Faites-moi une promesse, dit Claudia.

– Tout ce que vous voulez.

– Ne venez plus avec votre ami Janus-Smith. Je ne veux plus le voir. Vous valez mieux qu'un reflet.

Janus-Smith esquissa un sourire contrarié, et disparut à jamais.

– Nous sommes seuls désormais, dit Kevin.

– Je constate cependant que vous ne voulez toujours pas me dire votre vrai nom.

Bien qu'amoureux, il n'était pas encore prêt, en effet, à se livrer définitivement. Chez les Kevin, on ne baisse pas sa garde sur un coup de tête. Il y avait de la prudence animale : toutes ces années de louvoiements ont laissé un pli qu'on ne pouvait effacer en un battement de cils, fût-il le plus érotiquement malicieux. Pourquoi donner son nom? Qu'est-ce que son patronyme, H., apportait de plus à Kevin? Il n'était ni célèbre ni à particule – un nom ordinaire, français, sans aucune consonance ou assonance particulière, rien qui puisse accrocher le regard. Un nom de famille étant ce qui se fait de plus banalement usant au monde, n'était-il pas trop tôt pour laisser le quotidien s'immiscer dans leur histoire? On commence par un nom de famille et l'on n'a pas le temps de dire « bonheur » que l'on se chamaille déjà pour savoir qui lave les toilettes.

Mais au-delà du nom, Kevin ne voulait rien révéler de prosaïque. Ni sa mère, mise au rebut aux Trois Ormeaux, ni le scooter du matin, sur lequel il se rendait, comme des millions de ses contemporains, à un travail où il était remplaçable comme peut l'être une vis à tête cruciforme, ni sa vie de couple, surtout sa vie de couple !

Car il y avait Charlotte. Il ne l'aimait plus depuis longtemps (maintenant qu'il y pensait) mais la trahir était une autre histoire. Il devait rompre proprement, c'était la moindre des choses, dans la mesure où, en cinq ans de vie commune, cette brave fille n'avait jamais eu la moindre ironie sur son prénom, paraissant totalement indifférente à cette singularité, comme on peut l'être face à un petit orteil trop long ou à toute autre incongruité physique mineure.

– Vous êtes bien silencieux, dit Claudia. Je n'insiste pas. Mais je voudrais que l'on se revoie.

Puis, sentant que sa curiosité insatiable sur cet être singulier avait été trop loin, et craignant de le braquer, elle s'employa à le couvrir de regards tendres, riant fort à ses blagues, prenant parfois l'initiative de le toucher au bras (qu'il ne retirait pas), déployant une telle féminité communicative que leurs voisins de table s'enivraient.

Deux heures plus tard, quand il lui disait au revoir sous le porche, il tenta de l'embrasser. Conséquence logique d'une attirance réciproque, geste de rapprochement élémentaire que des milliards d'êtres humains avaient réussi avant lui, mais qu'il s'ingénia à rater en se précipitant, puis en s'excusant gauchement, les pieds emmêlés sur le pas de la porte, tandis qu'une concierge glaçait la scène de sa présence importune, tirant à bout de bras une poubelle dont le couvercle claquait comme une langue à chaque saillie de pavé, alors qu'une autre langue, celle de Kevin, avait obstrué une gorge incapable de rien dire.

Ce fut Claudia qui les tira de ce mauvais pas.

– Pas tout de suite, dit-elle avec un sourire malin et désarmant. Il faut d'abord se connaître davantage. On s'appelle.

Elle s'évanouit dans l'entrée de l'immeuble. Cependant, cinq minutes plus tard, en pleine déroute morale sur le trottoir du boulevard Auguste-Blanqui où luisaient des flaques noires, il reçut un texto : « Kevin me manque déjà. » Il l'archiva au fond d'un dossier secret où Charlotte n'avait aucune chance d'aller et esquissa un pas de danse. Tout compte fait, il n'avait pas été catastrophique, au contraire. Non seulement il n'avait pas été lourdaud, mais son prénom, si handicapant dans ce genre de première rencontre, s'était révélé un redoutable outil de baratineur, au point où il « manquait déjà » à une délicieuse créature. Et ce n'était point en citant Céline ou Proust qu'il avait fait mouche, mais en ouvrant avec générosité un pan entier de sa personnalité. Tout cela était très prometteur. De quoi assembler des fondations et commencer une vie nouvelle, sans Janus-Smith ni complexes.

Pendant que Kevin bâtissait ainsi sa renaissance future à grands coups de guimauve, le directeur général de la grande maison recevait une lettre par porteur, en mains propres :

« Très estimé Éditeur,

Ayant appris que vous vous apprêtiez à publier le dernier roman de François-René Pradel et voulant vous éviter bien des embarras à la rentrée de septembre, je me devais de vous communiquer ce petit récit que cet écrivain hors du commun m'a confié peu de temps avant sa mort. Vous l'ignorez sans doute, ma sœur Rachel a été longtemps sa muse secrète. Leur aventure, gâchée ces dernières années par la maladie puis le décès de Rachel, a été de celles qui illuminent une existence. La vie n'a pas été tendre avec eux, mais elle leur a aussi donné l'occasion de vivre de bien improbables moments.

Je crois que vous apprécierez et ferez le nécessaire.

Bien à vous,

Catherine T. »

À cette courte missive étaient jointes les pages suivantes, que le directeur général parcourut en apnée, sentant monter les petites bulles d'angoisse dans son esprit d'habitude si placide :

« Tu voulais, Rachel, que je raconte notre dernier éclat de rire. Je m'y attelle, non sans frémir à la tâche car je vois, tel un funambule en détresse, le vide progresser autour de moi. Chaque jour qui passe souligne mon dégoût et je ne sais dans quel état je finirai l'année. Tu as pensé, j'imagine, que mettre par écrit cette curieuse histoire me remettrait en selle après ta disparition – on verra bien. J'exécute par la présente tes dernières volontés.

Tu as raison sur un point : on s'est bien amusés ! Le rien abyssal qui vide mes contemporains de toute substance et qui se nomme l'inculture flamboyante, source de bien des amertumes au cours de ma carrière littéraire, s'est transformé, le temps d'une petite farce, en un plaisir régressif intense. Grâce à quoi, pendant neuf mois, on a vécu (ou survécu) allégrement, malgré d'affreuses perspectives liées à ta maladie.

Ce spectacle, tout de même ! Jamais, jamais je n'aurais cru qu'un lecteur de la grande maison se laisserait prendre aussi facilement à mon modeste canular. Et pourtant !

L'idée m'est venue après une détestable fracture au ski (tu te rappelles cet hiver ensoleillé ?), tandis que je somnolais sous sédatifs en attendant d'être rafistolé. J'étais coincé à l'hôpital, loin de ma femme et de ma fille, ce qui était un avantage, certes, mais également éloigné du théâtre des opérations où tu te battais, Rachel, contre le kraken, et cette impuissance forcée me rendait dingue. Qu'on ampute enfin cette jambe à la hache, pensais-je, pour que je puisse te rejoindre et te réconforter par ma présence !

J'avais emporté *Svastika* de Junichirô Tanizaki, en édition de poche, que je relisais, envoûté par le brio de ce jeu de mensonges et de séduction. Un chef-d'œuvre écrit en 1928 dans une langue moderne et un style dépouillé. Un texte qu'on ne lâche pas car il y circule le fluide vivifiant de la fiction habilement construite – ce qu'on ne sait plus faire dans notre littérature nombriliste et guindée. En cultivant mon humeur passéiste, je me suis demandé comment ce livre génial serait lu par les cuistres des comités de lecture actuels, ceux qui font la pluie et la bruine chez les éditeurs comme il faut. Combien le publieraient s'il arrivait anonymement par la poste, comme un premier roman ? Combien le rejetteraient, en y joignant cette lettre de refus, humiliante et standard, qui encombre le courrier des apprentis écrivains ?

Je n'étais pas le premier dans le monde des lettres à concevoir semblable potion de vérité : de tout temps, des farceurs excédés par les grands airs de la citadelle se sont amusés aux dépens des collets montés et des gardiens du temple. Je crois me souvenir qu'Alexandre Dumas faisait passer des textes de son valet de chambre pour les siens, tandis que Jouhandeau bombardait Gallimard de missives où il empruntait des passages entiers à Balzac. Quelle est la part du fantasme et de la réalité dans toutes ces histoires ? Je n'ai ni les moyens ni l'envie de vérifier la substance des canulars littéraires. Je me doute aussi de leur faible valeur : à part une tranche de rigolade vite oubliée, ils n'apportent rien à la littérature, sinon provoquer, des années après, le sourire carnivore de quelque exégète, et nous venger un peu des baffes qu'on a reçues.

Tanizaki était un candidat parfait pour mon expérience. Il est connu et méconnu en même temps : tout le monde en a lu, mais ses livres possèdent un étrange pouvoir d'auto-effacement des mémoires. Au-delà d'un bref résumé, il est difficile d'en raconter l'intrigue précisément, tant son art du tissage est à l'opposé des grands effets tapageurs d'un Kafka ou d'un Dostoïevski. Sans oublier cette étonnante humilité stylistique, faite de phrases simples où l'auteur n'est jamais en représentation de lui-même. Pour noyer mon poisson et rendre le texte difficilement identifiable, même pour celui qui avait lu *Svastika*, il suffisait de modifier quelques lieux, supprimer les kimonos, verser du Cointreau à la place du saké. Parfois, je ne parvenais pas à me retenir et j'ajoutais par-ci par-là un paragraphe ou deux, très parisiens, d'actualité immédiate, un peu provoc. Le titre, *Ainsi tournent les croix*, est une transposition heureuse, à la fois dynamique, mystérieuse et fleurant bon un prix littéraire. En une semaine ce fut bouclé. Le matin, j'avais rééducation post-traumatique, avec séance de piscine et musculation, l'après-midi je me défoulais en façonnant le monstre de Frankenstein.

Une fois remis sur pattes, j'ai eu d'autres soucis qui m'ont fait oublier cet enfantillage. Tu as été opérée. Tu allais mieux, puis moins bien, en dents de scie, avec une illusion de progrès à moyen terme, grâce à ce traitement un peu expérimental sur lequel on misait beaucoup et qui avait fait des miracles dans un hôpital de Sydney. On a fêté mon anniversaire et tu m'as offert cette lampe de chevet moderniste qui m'éclaire en ce moment. Là-dessus, on m'a invité pour un trimestre à l'université de Denver, Colorado, où tu m'as rejoint en douce, et où tu as connu cette stupéfiante rémission qui a éclairé notre existence, tandis que je m'enlisais dans un nouveau roman que je n'arriverai sans doute jamais à terminer. Puis on est rentrés. Les douleurs abdominales ont recommencé.

On bricole ainsi notre vie, jusqu'à ce que, un an plus tard, au Salon du livre de Paris, après avoir bu un cognac de trop au café, je fais l'erreur de rester un peu trop longtemps sur le stand de la grande maison. Ça ne loupe pas, je tombe sur un pot de colle dont je n'arrive pas à me débarrasser malgré de longues et ennuyeuses tirades que je lui sers sur mon œuvre. Comble de malchance, il avait lu *La Tentation de la glissade*, il y revenait sans cesse comme à un texte sacré, je n'en pouvais plus, j'avais mal à la tête. Impossible de l'envoyer aux champignons : je comprends qu'il est bien introduit dans le milieu, je n'ai pas envie de me faire un ennemi. Il y a des jours comme ça où la médiocrité est aussi désespérante que la force de la gravitation, on doit se contenter de subir.

Il parlait "Céline", "Proust", "Deleuze", mais on sentait qu'il le faisait sans raison, c'était très agaçant. Alors, le vin rouge aidant, ma méchanceté naturelle a repris le dessus et je me suis rappelé mes croix qui tournent. Je lui ai promis un texte, il m'a donné sa carte. Elle a traîné pendant une semaine sur mon bureau.

Un jour, sans beaucoup réfléchir, après une dispute avec ma femme, qui ne perd pas une journée sans m'usiner le cuir avec ses considérations matérielles ("Tu devrais écrire une prose plus accessible et te montrer moins bougon dans tes interviews, quand tu en as", "Je te verrais bien chroniqueur littéraire sur un blog, ça t'aiderait à te faire connaître auprès des jeunes", "Tu devrais chercher un autre éditeur, plus impliqué commercialement", toutes sortes de bruits de moustique, décousus et sapant le moral), je ne me suis pas retenu, j'ai cliqué Envoyer.

Le missile est parti. "On va voir ce que tu as dans le ventre, lecteur de mon chose", ai-je pensé, mais en réalité j'enrageais contre ma détestable bonne femme – tandis qu'à l'autre bout du XIIIe, à la Pitié-Salpêtrière, tu remplissais ton corps de cortisone qui ne servait à rien.

Pouvais-je imaginer la fabuleuse réaction en chaîne qui a suivi ?

Si l'aveuglement collectif est un phénomène étrange mais bien réel, ici c'était plutôt l'incompétence et l'incurie qui étaient à la fête. Non seulement Janus-Smith n'a pas remarqué la supercherie, mais personne à la grande maison non plus, apparemment. Tous ces pontes, ces diplômés de Normale, ces abonnés à la revue *Intertextualité*, me noyaient de réactions enthousiastes. Ça en devenait vraiment embarrassant, et follement distrayant.

Pour encore plus de plaisir, comme on ne vit qu'une fois, j'ai mis ma femme au courant (sans lui révéler l'essentiel). Je lui ai montré les dithyrambes de la grande maison. Elle a salivé aussitôt. Elle comptait mon argent et les prix littéraires, elle imaginait les traductions et les adaptations cinématographiques, elle marchait, courait, jappait, j'étais aux premières loges d'un spectacle des plus réjouissants. "Pauvre vieux string, pensais-je. Si tu savais devant quelles chimères brillent tes yeux de vampire !" Pendant qu'elle me gratifiait de ses "Je t'avais bien dit qu'il suffisait de leur écrire" ou "Si seulement tu daignais m'écouter davantage", je me pinçais pour ne pas éclater de rire et je savourais un courant de liberté, puissant et caché comme le Gulf Stream.

Chaque jour, je m'attendais à recevoir de la grande maison un courrier criant à l'offense – rien n'est venu. Poussé par la curiosité, j'ai joué le jeu. Jusqu'où vont-ils aller ? L'histoire du titre à refaire m'a fait jubiler. Les cons ! La préface fut aussi un moment de perverse rigolade. Voilà qu'ils me menaçaient, doutaient de mes opinions politiques ! Le grotesque atteignait la perfection.

Ai-je sérieusement envisagé qu'ils le publient pour de bon ? Je n'en suis pas certain. Car je voyais bien qu'il y avait un malaise que je n'arrivais pas à définir. Était-ce le fait que personne n'avait demandé à me rencontrer ? Ou un côté “trop beau pour être vrai” dans nos échanges de mails ? Quand on a comme moi de nombreuses années de métier, on les sent, ces disharmonies, même si on a du mal à mettre le doigt sur ce qui cloche. En réalité, je ne m’interrogeais pas plus que ça, la perspective de voir la tête de ma femme le moment venu, quand le scandale éclaterait, suffisait à ma béatitude sadique.

Je m’étais posé comme limite la signature du contrat. Pour éviter bien des salmigondis juridiques, c’était à mon sens le moment idéal pour faire mon outing. On en avait discuté, tu étais d’accord. Le sceau prestigieux de la grande maison apposé sur un document prouvant son incompétence aurait mis fin à cette péripétie, digne d’un P.G. Wodehouse. Je caressais aussi l’idée de raconter l’histoire dans un petit livre désopilant. Assez curieusement, cet instant fatidique était sans cesse repoussé par ce benêt de Janus-Smith, comme s’il se doutait de quelque chose. Je ne m’en plaignais pas – chaque tergiversation ajoutait de la matière à mon ouvrage et faisait enrager ma femme.

Puis est venu le dénouement. Le type s’est volatilisé. J’ai appris ensuite par un ami bien introduit dans la grande maison que personne n’avait le souvenir d’avoir lu mon livre. Je ne comprenais rien. Intellectuellement, il est difficile d’être confronté au néant. On se demande si l’on a rêvé, on se met à douter de sa santé mentale. En mars, il y avait un type et un roman, bien concrets. En septembre, plus de type et pas de roman, rien que du vent. Et encore, le vent, on sait d'où il souffle, alors que là ! Il y avait de quoi perdre pas mal de repères. J'ai bien tenté de résoudre cette équation avec du cognac. J'y allais tous les jours, au cognac – dois-je te rappeler que tu venais d'être hospitalisée –, mais j'avais beau chercher, il y avait là un saut créatif qui m'échappait.

Seule consolation et de taille, mes garces étaient férocement déçues. La vieille crépitait d'hystérie. Tombant sous sa main, l'adorable brûle-parfum en porcelaine d'Imari a été pulvérisé sur le carrelage. "Quand on casse des antiquités japonaises, la fin des temps est proche !" ai-je pensé gaiement, sans l'afficher pour ne pas être pris dans le tourbillon. Quant à la jeune Myriam, elle exhalait des pestilences comme une magnifique plante vénéneuse. Ah ! ça l'enrageait, ma colombe, d'être tombée sur un manipulateur plus vicelard qu'elle.

Les deux engeances voulaient retrouver l'arrogant farceur, le faire condamner pour délit de vacherie préméditée. Le détruire, après l'avoir mastiqué à la chinoise. "Surtout, qu'il souffre !" criait parfois ma fille. Des avocats ont été consultés, des plans de blitzkrieg ont été établis. J'ai eu le plus grand mal à dissuader mes harpies de porter plainte contre la grande maison. On aurait atteint le comble.

On a beaucoup spéculé, toi et moi, sur les raisons de l'insaisissable Janus-Smith. Il n'y avait aucun gain matériel à la clé – cet altruisme dans l'escroquerie tuait ma femme, je ne manquais donc jamais de le souligner dans nos houleuses conversations. Certaines personnes n'admettront jamais le geste gratuit, ou est-ce l'époque tout entière qui est contaminée au pragmatisme ? Toujours est-il que je lui tire mon chapeau, à cet alter ego inconnu, tout en conservant la main, comme on dit au bridge, car, à l'arrivée, je suis le seul de nous deux à connaître la vérité sur sa fausse-vraie manipulation. Un canular ricochet de canular, qu'est-ce que c'est ? Une aventure étrange, assurément. La voilà racontée.

Que me reste-t-il maintenant ? Ma famille, cette malédiction. J'y suis enlisé, dans ma femme, avec l'enclume de la fille par-dessus. Comment ai-je fait pour les supporter jusqu'à présent alors que le mépris réciproque est la seule chose qui nous lie tous les trois ? Je n'ai toujours pas compris laquelle est la pire, la vieille ou la jeune, si jolie, avec ses yeux de tueuse, qui cherche toujours la faille pour vous faire mal.

Dans ces conditions, il est temps d'arrêter les frais. On doit avoir besoin de moi quelque part. Avant d'y aller, je confie ce texte à Catherine (à qui d'autre ?). Qu'elle se débrouille pour en faire un usage intelligent le moment venu.

À mesure qu'il mûrit, l'homme voit naître en lui une sorte de résignation, une disposition à accepter avec joie une disparition en accord avec les lois de la nature, écrit Tanizaki. La justesse de ces mots cogne dans ma tête comme le battant d'une cloche. Le désespoir n'est pour rien dans ma décision. Il arrive que les voies sans issue grossissent pour déclencher une plénitude intérieure. À quoi bon s'acharner dans ces conditions ? »

Après avoir comparé *Svastika* avec le texte de Pradel et vu de ses yeux les similitudes, le directeur général ordonna une réunion de crise où furent convoqués les plus solides leviers de la maison. L'affaire fut organisée dans le plus grand secret et quelques pontes durent écourter de bien agréables passerelles de Pentecôte pour se rendre d'urgence dans un immeuble cossu du VIe arrondissement, où ils s'enfermèrent à l'étage avec des mines de furoncles.

– Honnêtement, qui a lu ce bouquin, *Svastika*, dont cette raclure de Pradel s'est inspirée ? demanda le directeur général en agitant le livre en édition Folio.

Quelques doigts se levèrent timidement.

– J'ai dit « honnêtement » ! grogna le directeur général.

Les doigts, confus, se cachèrent sous la table.

– Moi, j'ai lu *Confession impudique*, crâna un directeur de collection. Excellent bouquin. On apprend beaucoup de choses sur le Japon et sur leur psychologie si particulière...

– Permettez, pour le Japon, rien ne remplace Mishima ou Kawabata, fort injustement passés de mode, intervint le patron du domaine étranger.

– Assez ! hurla le directeur général. Pourquoi personne n'a rien repéré ? À quoi servez-vous, expliquez-moi, avec vos diplômes de larves supérieures et vos tonnes de livres sur les étagères ?

– Excusez-moi, mais le Japon, ce n'est pas vraiment mon dada et ça n'entre pas dans le cadre de mes propensions éditoriales, se justifia le directeur de collection. Alors *Svastika* ou pas... Le titre, d'ailleurs, n'est pas d'un commerce facile. Très connoté.

– Personne ne m'a jamais demandé de lire les manuscrits français contemporains, se lava les mains le patron du domaine étranger. C'est insensé, on ne peut nous demander d'être au four et au moulin.

Puis, collectivement, ils sentirent la nécessité de trouver un bouc émissaire. On demanda à consulter les fiches de lecture pour voir qui avait donné son avis sur l'ouvrage, on constata qu'on les avait égarées. Le manuscrit était directement passé par les hautes sphères, sans validation réelle, comme cela arrive souvent avec les auteurs connus.

– C'est vous qui me l'aviez donné, se souvint le directeur général en désignant le directeur de collection.

– Ah non, se braqua l'autre. Pas d'amalgames. C'était vous au contraire qui étiez tout sourire dans mon bureau en me chantant qu'on tenait un lièvre. Vous m'aviez même lancé : « *Ainsi tournent les croix*, quel titre ébouriffant ! »

Les croix n'étaient pas les seules à tourner en rond. Il leur fallait une solution – la moins mauvaise, en l'occurrence. Nous étions début juin, le livre venait de partir à l'impression, d'un jour à l'autre on allait recevoir les exemplaires pour le service de presse. On pouvait tout arrêter, moyennant des frais, et un sévère coup au prestige de la grande maison.

– Relativisons la gangrène, plaida le directeur général d'une voix mal assurée. Des scandales de plagiat, on en a déjà eu. Tous les ans, c'est le même topo. L'auteur fait un mea culpa, on sanctionne, et l'on passe à autre chose. Dans trois mois, tout le monde aura oublié.

– Ce n'est pas le plagiat, le problème, soupira le domaine étranger. Le plagiat, c'est peanuts. Dans cette affaire, c'est toute notre crédibilité éditoriale qui explose. Bonjour, dans ces conditions, l'acquisition des droits sur les futurs best-sellers internationaux. Qui voudra travailler avec nous ? Je suis justement en train de négocier pour un polar suédois... Sûr qu'avec cette boulette planétaire, il nous passera sous le nez. Et je ne dis rien de la littérature japonaise : on peut fermer le département. Hara-kiri.

Ils sombrèrent dans un gluant silence.

– Pradel étant mort, on ne pourra même pas lui faire porter le chapeau, maugréa le directeur général. Pour une raclure, c'est une raclure !

La pénombre s'avança encore.

– J'ai une idée, dit alors le contrôleur de gestion. Mais elle demande du cran.

Il vit les points d'interrogation pivoter vers lui.

– C'est simple, dit-il. On ne fait rien.

Ils le fixèrent, incrédules.

– On serre les fesses, poursuivit le contrôleur de gestion. On oublie qu'on a reçu cet ennuyeux document, on sort le livre comme si de rien n'était, on s'efforce simplement d'en limiter la circulation par des moyens appropriés. On allume quelques contre-feux médiatiques pour faire dévier l'attention. On a toujours cette escadrille de premiers romans, écrits par des jeunes très sexy, pleins de cheveux, qui n'hésitent pas à dire des énormités à pleine bouche. On a aussi ce vieux routier de Le Mercier, qu'on pourra faire mousser avec son quinzième opus. N'oubliez pas que le service de presse n'est pas encore parti. C'est une chance. Les quelques journalistes et libraires présents à la lecture n'ont eu que des extraits. On oublie de leur envoyer le livre. Pas vus, pas pris.

Les pontes écoutaient, leurs esprits s'ouvraient, les neurones grésillaient.

– Ça peut être jouable, finit par comprendre le directeur général. Si nous, qui sommes aux avant-postes de la littérature et qui avons une sacrée expérience du verbe, si nous tous, ici présents, n'avons pas repéré Tanizaki, les chances que des lecteurs lambda découvrent le plagiat sont infinitésimales, sans même parler des critiques littéraires. Pradel a bien maquillé. On dirait vraiment que ça a été écrit hier, rue Bonaparte.

Le directeur de collection se dérida :

– Il l'a bien dit, Pradel. « Tanizaki a un pouvoir d'auto-effacement. » Servons-nous-en à notre avantage ! Personne n'y verra rien. Et si, par malchance, un fouille-caca venait à nous poser la question, on dira « intertextualité », « hommage littéraire »...

– « Jeu de miroir », souffla le domaine étranger. « Complicité créative. »

– Oui, s'illumina le directeur général. Si on nous pousse dans nos derniers retranchements, on dira que c'était fait exprès. « On a fait une expérience pour tester les compétences de la critique littéraire. » Tel sera notre plan B.

Ainsi fut décidé.

Les directeurs jurèrent solennellement de garder le secret, ce qui fut aussitôt gravé dans un document contractuel comprenant des pénalités financières dissuasives. Puis on organisa le sabotage.

On appela discrètement l'imprimeur pour limiter le tirage. Quand le service de presse arriva, on le cacha dans le bureau du directeur général sous une pile de vieux invendus. De la fin juin à la mi-juillet, on s'en débarrassa petit à petit, en jetant chaque jour quelques exemplaires dans le bac à ordures. Chacun joua le jeu : quand la brochure des nouveautés fut imprimée, on s'aperçut que le livre de Pradel avait été malencontreusement omis. Le site internet n'en parla pas non plus. Les autres écrivains de la rentrée furent mis en avant, et l'on organisa autour d'eux de somptueuses tournées en province.

Pour Catherine T., on trouva une solution financière, comme on dit pudiquement. Un an plus tard, elle partirait vivre au Canada anglophone et ne donnerait plus signe de vie.

Ainsi, à la mi-juillet, l'accident industriel était sous contrôle. On prit ses dispositions d'été, pendant que le livre, ses vitamines coupées et sous-alimenté, agonisait dans les tuyaux de la diffusion comme une tumeur privée de vaisseaux sanguins.

Son futur était tout tracé. Quand la fin août arriverait, la famille Pradel ne manquerait pas de s'étonner de la faible mise en place chez les libraires. On lui répondrait invariablement par des sourires contrits. « On fait notre possible », « la conjoncture est morose », « les aléas du métier », « cette année, c'est plutôt en octobre » : on verrait ainsi défiler la sarabande des excuses qu'on enroberait dans de flatteuses promesses de traduction qui ne mangent pas de pain. « On a des contacts. » « Je ne suis pas inquiet. »

Là-dessus, tel un bombardier géant B-52, septembre lâcherait ses 587 nouveaux romans sur la morne plaine de la littérature française, noyant le troufion dans l'indifférence des grands nombres. Les rares fans qui suivaient le travail de Pradel se montreraient étonnés par le nouveau ton et le style de l'ouvrage, certains ne l'aimeraient pas du tout, d'autres, au contraire, le défendraient mollement sur des blogs prétentieux et mal fagotés.

Au tournant du printemps suivant, sans attendre les délais légaux, le directeur général ordonnerait lui-même le passage au pilon, et l'oubli deviendrait général.

Je regarde le calendrier et j'y vois quoi : nous sommes un 17 juillet, jour de la Sainte-Charlotte, je vous le donne en mille, même si je suis pas croyante, contrairement à mon premier mari, forcément ça me fait quelque chose. La bonne idée serait de passer chez eux et faire une surprise, comme la recette de moelleux au Nutella avec graines de riz soufflé type corn-flakes, thermostat 200 °C, mais je me dis que j'ai mieux que coucou. Je pense ange gardien, carrément. C'est le moment car un jour de fête comme la Sainte-Charlotte, un ange gardien est une excellente chose pour ma fille Charlotte, ça tombe sous le sens, même si on est pas grenouille de bénitier ou Dieu sait quel mammifère. Et qui d'autre que maman chérie pour qu'un ange gardien soit discret, genre pointe des pieds, et efficace, car ciblé là où on en a besoin ?

Une fois décidée, je perds pas le temps car chaque jour qui passe affaiblit leur couple, rapport aux cinq ans qu'ils sont ensemble, bientôt six. J'attrape mon portable et j'appelle cette fille Claudia, à son numéro que j'ai copié sur le mobile à Kevin pendant que j'étais à la maison des Trois Ormeaux, une chance que j'aie eu sous la main une feuille, un crayon, avec ce téléphone qui sonnait, la brune au visage de minette que les hommes ils y scotchent. Des fois que Kevin serait tenté, c'est l'intuition que j'ai, moi, je n'arrive pas à m'en défaire, un pressentiment, comme mon deuxième mari avec sa secrétaire, sans rien me dire, jusqu'à ce que je les surprenne tout nus en train de faire la comptabilité.

Ça sonne une fois, deux fois, puis un allô de voix de fille, ni belle ni moche, une voix de brune on dirait. Moi : Claudia?... Elle est visiblement surprise, elle hésite comme deux ronds de flan, ça doit se sentir à l'intonation que je ne viens pas avec du fondant au chocolat sur un plateau. Alors je dis : Écoutez Claudia, on ne se connaît pas, je vous appelle au sujet de Kevin, qui est comme un beau-fils pour moi, même s'ils ne sont pas encore mariés. Elle, d'une voix jaune : Ah bon, ah bon, parlez-moi de Kevin. Du coup, je sens qu'il y a comme de l'intérêt à l'autre bout du fil. Ah ha, je me dis, tout ce qui touche à Kevin l'intéresse, ce qui renforce mon intuition, n'est-ce pas, de l'anguille sous le caillou.

Je lui expose ma vision du couple, moi qui ai eu deux maris, je lui dis gentiment, écoutez Claudia, Kevin est un brave garçon mais il regarde le physique en priorité, comme tous les hommes de son âge, ça lui passera, et il comprendra alors quelle bêtise il fait s'il rompt avec ma fille Charlotte, qui est douceur et responsabilité, car elle travaille à la pharmacie, ce n'est pas comme la radio pour lui, dont on se demande à quoi ça sert et qui l'écoute. Claudia : Il travaille à la radio ? quelle radio ?... Je comprends alors que leur histoire est à son début de cuisson, si on peut formuler ainsi, et je dis : Je vois, ma belle, que vous ignorez tout de ce jeune homme, alors laissez-moi vous expliquer, jouons la carte de la transparence. Kevin est mignon mais j'aime mieux vous prévenir quant à certains défauts pour que vous sachiez où vous la mettez votre vie. En deux mots, il est infantile, secret comme une langue étrangère, obnubilé par des complexes d'intellectuel et il sait même pas déboucher un évier (j'ai noirci le tableau). Parfois il passe des heures prostré au canapé. Son travail n'est pas forcément très stable, et même si la radio ça peut faire rêver certaines, ce n'est pas le Pérou question rémunération (je lui donne le chiffre en brut et en net pour qu'elle voie bien l'envergure de sa proie).

À l'autre bout, on sent bien que tout ce que je dis pique la tique. Elle est pas sotte, Claudia, elle se renseigne sur le canasson, et ça tombe vraiment bien pour l'ange gardien de la renseigner. Il était temps de lui ouvrir les yeux. J'étais tellement en position de force que j'aurais pu lui raconter des quiches lorraines aux anchois, sauf qu'un ange gardien ça ment pas beaucoup, rapport à la crédibilité, ce que je racontais devait correspondre à ce qu'elle connaissait de Kevin, un minimum.

Elle me demande si la radio est périphérique ou une grosse chaîne. Ah ! non, je dis, la radio c'est la Radio, c'est tout ce qu'il y a de plus majuscule, son chef à Kevin est Monsieur Descaribes lui-même, un grand monsieur très connu, vous pouvez vérifier sur internet. Descaribes ? elle demande, ébahie, genre j'ai déjà entendu ce nom-là quelque part, elle dit. Oui, dis-je, lui-même pour vous servir. Kevin ne l'aime pas des masses. Il y a aussi Marie-Louise, Jérémy, Olivier, toute la clique des insupportables sous-chefs qui voudraient bien se débarrasser de Kevin, s'ils pouvaient. Si je raconte ça, je précise, c'est pour que vous compreniez bien, Madame, que la situation de mon futur beau-fils est précaire, même s'ils ne sont pas encore mariés, et qu'il ne faut pas vous monter le bourrichon sur vos futures capacités financières en tant que couple.

Là, on sent qu'elle m'apprécie pas trop, Claudia, car je montre que je suis pas dupe pour son côté rapace. Alors, un peu au second degré de la vipère, elle me fait : Et son patrimoine ? J'ai cru comprendre que sa famille avait des biens durables, qu'elle me fait, moqueuse.

J'ai fait semblant de prendre sa question au premier degré. J'ai dit : Biens durables, mon œil ! Tout ce que possède la famille H. se résume à un petit placement d'assurance retraite, souscrit par le père avant son accident de voiture, grâce à quoi la mère à Kevin vit décemment aux Trois Ormeaux. J'ai fait exprès de parler de la belle-mère pour lui montrer les perspectives et les aboutissants, à savoir un long boulet au pied, c'est pourquoi j'ai ajouté : Et elle vivra jusqu'à pas d'âge, Raymonde, c'est parti pour durer comme sa mère à elle. C'est vrai quoi, quand on y pense, le quatrième âge se transmet dans les gènes, c'est du costaud, comme Miele ou Laden pour le lave-linge.

Et pour finir, j'ai dit : Claudia, je vais être franche du guidon, quand vous serez aguerrie comme moi avec mes deux maris que j'ai eus, vous verrez, on pense « ange gardien » et c'est ce que je fais avec ma fille Charlotte, car elle a pas mérité qu'une autre, malgré toutes vos qualités de minette brune, lui pique un type pour lequel elle a tellement fait, même si aujourd'hui elle est en surpoids. Elle l'a sorti de l'impasse, surpoids ou pas, le Kevin, ma Charlotte, socialement il s'est épanoui, car la vocation de Charlotte est d'être avec un grand fragile, ce qui n'est pas facile et mérite le respect, ça va faire six ans qu'ils sont ensemble, six ans ! vous vous rendez compte ? même s'ils ne sont pas encore mariés, ça nous forme un beau petit couple, alors mettre la zizanie chez eux ça fendrait le cœur au Sacré-Cœur, déjà que leur vie n'est pas rose. Savez-vous, Claudia, que j'ai trouvé du Gardénal chez elle, chez ma petite Charlotte, alors forcément, Claudia, quand vous trouverez du Gardénal un jour, ce que je souhaite pas, dans les affaires de vos enfants, vous comprendrez alors ce que je ressens, s'il est pas trop tard.

Elle a rien promis de concret mais je la sentais concernée, moi je l'étais en tout cas, et quand on a raccroché après je me suis sentie soulagée, car c'était un 17 juillet, jour de la Sainte-Charlotte et donc de son ange gardien, qui a rempli son rôle sans qu'elle se doute de rien, car une mère n'a pas besoin d'autre chose que du bonheur de sa fille Charlotte.

Curieuse journée que ce mercredi après-midi de la fin juillet. La semaine était à son sommet, s'apprêtant dès le lendemain à entamer sa descente vers le week-end, et pourtant il y avait peu de monde à la radio, comme si un mauvais virus avait ravagé les rangs, on ne croisait que des subalternes, des techniciens, des pigistes minimes. « Où sont passés les prétentieux chéris ? se demanda Kevin. Ne me dites pas qu'ils sont partis à la maison alors qu'il est à peine 17 heures ? Tss, tss ! »

Le poste de Marie-Louise était vide, même si une tasse de café à moitié pleine de pisse noire et un petit pull abandonné sur le siège témoignaient de sa présence dans les parages. Jérémy avait laissé son cartable en gros cuir, façon Berlin-Est, bien en évidence sur la table, et cette majestueuse sculpture représentait le travail et l'assiduité à la face du monde, tandis que l'ordinateur d'Olivier, visiblement programmé à l'avance, effectuait toutes sortes de mises à jour en l'absence de son maître.

En allant chercher son café, Kevin passa devant la porte du chef et entendit le clapotis des voix que produit une réunion un peu houleuse. « C'est là qu'ils sont tous », devina-t-il. Qu'il serait agréable de tourner la clé de l'extérieur pour les enfermer à jamais, tous ces vertébrés, en un seul vivarium, puis partir en Amérique avec Claudia ! Il caressa l'idée, mais n'en fit rien, magnanime.

Dix-sept heures quinze. Dix-sept heures seize. C'est long, c'est caoutchouteux. Dix-sept heures seize, encore. Plus on regarde le temps, plus il ralentit. C'est pourquoi le temps en prison passe deux fois moins rapidement que partout ailleurs. Les juges feraient bien d'y songer avant de condamner. Et au bureau ?... Quand Kevin bâilla, il eut l'impression que toute la radio aurait pu être aspirée dans son ennui de baleine.

Le téléphone sonna et mit un peu de mouvement dans sa vie. Pierre Descaribes, de sa voix des mauvais jours, le convoquait à son bureau.

– À dix-sept heures vingt passées ? s'étonna Kevin.

– Retrouvez-moi en salle de réunion. C'est important. Sens de l'équipe. Management des responsabilités.

Impossible d'en savoir plus.

Il attendit cinq minutes, histoire de rester le maître.

Toc-toc.

– Je t'en prie. Ferme la porte et assieds-toi.

Une chaise était vide en effet, entre Olivier et Marie-Louise, autour de la grande table. Les mines étaient noires, personne ne le regardait, on aurait dit qu'il était arrivé un malheur. Et quand il s'assit, vaguement inquiet, il sentit chez ses voisins un mouvement de recul à peine perceptible, comme s'ils avaient mis le nez dans son odeur corporelle.

– Dis-moi... commença Descaribes. Nous avons appris certaines choses... Tu nous as caché ton jeu, Kevin. Ou doit-on t'appeler Alexandre ?...

À l'intérieur de Kevin, un pot de peinture blanche se fracassa : tout était éclaboussé par des traînées puantes, et il sut à cet instant que sa vie venait définitivement de changer de couleur. Son visage tourna pâle, son sang s'était brusquement dilué d'eau saumâtre, ses autres liquides se desséchèrent aussitôt, transformant sa gorge en un précipice caillouteux où s'enlisait la langue.

Son premier réflexe fut de nier, ce qui était idiot car il paraissait évident que Descaribes était bien renseigné, sinon il n'aurait jamais commencé le déballage. Qui pensait-il bluffer encore ?

– Cachotterie coupable, marmonna Descaribes. Devoir de droiture. Il faut prendre des mesures.

Il attrapa son portable :

– Vous pouvez venir ?

La porte s'ouvrit et Claudia entra, majestueuse et glacée. Jamais on n'avait vu brune plus désirable – jamais brune n'avait été plus inaccessible. Une étoile polaire par une nuit sans lune.

Descaribes se leva pour l'accueillir.

– Je vous en prie, Mademoiselle Pradel, donnez-vous la peine de nous expliquer.

La belle regarda Kevin comme si elle voyait pour la première fois ce sac à entrailles, assis là, livide.

– Je vous remercie de m'avoir reçue aussi rapidement, Monsieur Descaribes, car il y a urgence. Il faut agir immédiatement pour que cet individu cesse ses nuisances. Dire qu'il se cachait à la radio pendant toutes ces années ! Notre radio ! Je le dis en tant qu'auditrice fidèle. Ah ! j'ai mis du temps à le pister, ce Kevin H. ! D'ailleurs, sans un concours de circonstances, je n'aurais jamais su son nom de famille et le triste parasite aurait fait d'autres victimes. Il me semble capital de neutraliser l'usurpateur au plus vite, avant qu'il ne se serve de la radio pour commettre d'autres méfaits.

Puis Myriam Pradel déballa toute l'histoire[1]. Le récit, à charge comme peut l'être la malveillance, était ponctué d'accusations et d'insultes que Kevin n'entendait pas vraiment. Conscient d'être tombé dans une centrifugeuse en train d'accélérer, il eut une brusque envie de vomir.

Quand elle se tut, la réunion poussa un cri de rage. Comment ! Ici ! Un tel pervers caché parmi les justes ! De tels agissements au nez et à la barbe des gentils ! Le fonctionnaire inconnu tressaillit dans sa tombe et l'on aurait pu croire que la trajectoire de la Terre avait été brusquement modifiée, tant le choc des révélations se répercutait dans les arcanes des esprits, transformant une langoureuse fin de juillet en une chambre froide de boucher. Puis l'indignation s'alluma dans un élan collectif, l'opprobre flamboyait,

1. Interrogée après les événements, Myriam Pradel tentera de minimiser le dîner à « La Régalade » ainsi que son attitude de séduction active. En revanche, elle assumera son masque « Claudia », et montrera même une grande fierté quant à sa manière de repérer et d'aborder Kevin. Témoignage : « Cela faisait des semaines qu'on le traquait, avec Thomas G., de *Life & Style*, sans résultat. Thomas écumait les salons. Moi, je me suis concentrée sur le dernier contact qu'on avait, à savoir l'éditeur, à travers le manuscrit de mon père. J'ai eu de la chance. Par vanité, il n'a pas pu s'empêcher de revenir sur les lieux du crime, en quelque sorte, lors la présentation du livre aux journalistes. Sa question à propos de la lettre de Thomas dans *Life & Style* et sa mèche façon rebelle m'ont tout de suite alertée. »

superbe, effrayante. Chacun se sentait concerné. On avait été sali par cette mygale qui avait prospéré sur le ventre chaud et accueillant de la collectivité innocente. Chacun sentit des pattes velues chatouiller au flanc, on en frissonna de peur et de dégoût.

– Il se faisait passer pour un éditeur ! répéta Marie-Louise l'énorme révélation comme pour mieux s'effrayer à ses ramifications.

– Il a imprimé des cartes de visite sur l'imprimante de service ! s'offusquait Olivier. Nous sommes otages et complices, c'est intolérable !

– Un écrivain s'est pendu par sa faute ! psalmodiait Descaribes. Miséricorde, comment peut-on vivre avec ça ? Souffrance. Anti-Œdipe. Gérard de Nerval.

S'il avait été moins surpris par le coup de bélier, Kevin aurait pu se défendre, dire que ses usurpations n'avaient rien à voir avec son travail à la radio, mission qu'il avait toujours effectuée avec assiduité et professionnalisme, comme en témoignait la belle croissance du chiffre d'affaires. Il aurait pu s'arc-bouter sur le droit – il n'avait rien fait d'illégal –, ou sur le respect de sa vie privée : après tout, ce qu'il fabriquait pendant ses loisirs ne regardait que lui. Il aurait pu se révolter, retourner l'énergie de l'assaillant et survivre.

Au lieu de quoi, désarmé comme un nudiste face à un fil de fer barbelé, il fixait la meute qui poursuivait la mise à mort. Tout juste parvint-il à bredouiller :

– Mais c'est vous, les fautifs. C'est vous, Descaribes, rempli que vous êtes de culture crâne, c'est vous, tout autant que vous êtes, et votre complexe de supériorité intellectuelle, qui m'avez entraîné dans ce marécage où, si je voulais respirer, il me fallait trouver une soupape !... Songez que sans vous, je n'aurais jamais mis les pieds à un salon littéraire.

– Voyez l'arrogance ! rebondit Myriam. À une autre époque, si on lui avait donné plus de pouvoir, le Kevin aurait joué les épurateurs. Il nous aurait exécutés de ses propres mains, une balle dans la nuque pour chacun de nous !... Si vous saviez ce qu'il dit de vous, Monsieur Descaribes, derrière votre dos...

– Claudia ! mugit Kevin.

Un lapin avait plus de chance d'amadouer un boa.

– Réveil, connard, moi c'est Myriam ! explosa la belle. Regardez-moi ce minable qui rampe maintenant, alors qu'il ne nous a fait aucun cadeau, ni à mon père, qui s'est pendu par sa faute, ni à ses camarades, vous, qu'il enduit de ses pensées malpropres. Vous, Monsieur Descaribes, il vous appelle le « gogolito précieux », sauf le respect que je vous dois.

– Le « gogolito précieux » ! s'exclama l'assistance, mi-outrée, mi-ravie.

Digne, Pierre Descaribes fit semblant que le quolibet ne l'affectait point, mais on voyait à sa face écarlate, striée de carton-pâte, qu'il encaissait mal.

– Ne mettons pas nos vexations personnelles avant le bien-être collectif, tempéra-t-il. La démarche manque de loyauté, cependant. On envisagera un conseil de discipline. Suspension.

Les autres approuvèrent bruyamment.

– Ah ! la belle crapule ! ah ! le crypto-ténia ! tonnait Jérémy. Avoir ça dans son équipe, mais quelle honte !

– Sans me vanter, je m'en suis toujours doutée, moi, à cause de son petit air suffisant, crânait Marie-Louise.

– Je me demande s'il n'est pas aussi ce captain_america qui nous pourrit la vie sur les forums, s'illumina Olivier.

Cette idée plut immédiatement.

– Mais comment donc ! Sûr que c'est lui !

– Moralement, il en est capable, confirma Myriam. Si vous voyiez comment il traite sa mère, placée à l'hospice ! Lui rend-il seulement visite à la Saint-Kevin ? On peut en douter !... Et cette cour déplacée qu'il me faisait, malgré notre différence d'âge, alors même qu'il a une compagne dans sa vie !... Si vous aviez vu la petite érection que monsieur a eue ! Dire qu'il a osé croire que ses yeux de guppy, sa mèche en balai de chiottes pouvaient me plaire ! Non, mes amis, croyez-moi, à part son nombril, cet homme n'a ni foi ni loi.

Qu'elle était belle, cette justice parée de haine !... Qu'on était heureux de se trouver du bon côté du glaive, à regarder le pauvre type se faire trucider !...

On vida ainsi sur sa tête pas mal de mots acerbes, et l'on mordit d'autant plus férocement qu'il se défendait comme une limace groggy, sans réelle envie de s'en sortir. Sa voix était pâteuse, son dos avachi, ses lumières éteintes. Il ne cherchait plus à fuir, au contraire.

Oui, admit-il, il méprisait ses collègues, y compris Descaribes, surtout Descaribes, et le livre sur Deleuze y était pour beaucoup. Oui, il lui arrivait de rêver l'extermination de tout le service, pas plus tard qu'il y a une demi-heure, il les aurait volontiers enfermés à clé et privés d'oxygène. Non, ce n'était pas lui captain_america, car il n'avait plus douze ans et était capable de monter des blagues plus féroces. Oui, à bien y penser, s'il fallait refaire le chemin des usurpations, il le referait volontiers car ce furent d'intenses moments de vie, même si aujourd'hui il n'avait plus le cœur à ces broutilles. Oui, trois fois oui, il s'était conduit en salaud avec Pradel, mais il ne le regrettait pas non plus, car ce devait être dans l'ordre des choses que de nuire à cette famille de dégénérés, faire du mal à Myriam, qui le lui rendait bien maintenant car il l'avait mérité. Ainsi s'accomplit le cycle naturel, avait-il l'air de dire, où chaque plante, chaque bactérie joue son rôle.

Il y avait du martyr dans Kevin, à cet instant.

Mais, mon Dieu ! il était déjà dix-huit heures trente-huit, dix-huit heures quarante, ils n'avaient pas vu le temps passer, on s'agita autour de la table, on réclama le coup de grâce. On n'allait quand même pas rentrer à pas d'heure par la faute de ce « briseur de solidarité culturelle », comme le formula rondement Jérémy. Dix-huit heures quarante-cinq ! Ce fils de pute !

– Attention, sa conduite déplorable ne doit pas nous égarer vers des expressions regrettables, modéra Descaribes, l'œil sur la pendule.

– Reste que c'est un Kevin, lança Myriam.

On fut frappé par cette évidence. Tout devenait limpide, il n'y avait pas à discuter. Kevin ! On se demanda pourquoi on n'y avait pas pensé plus tôt. Le syndrome du nez au milieu du visage, qu'on finit par ne plus voir, probablement.

– Absolument, c'est un Kevin ! s'acharna Myriam. Un Kevin dans toute sa splendeur.

Elle avait compris qu'on appuyait ainsi sur son point de rupture.

D'instinct, sentant le sang, les autres s'y ruèrent de tout leur poids.

– Kevin, vermine !... Kevin, mentalité rupine !... Kevin, fumet de latrines !... Kevin, Kevin !

– Nous ne pouvons discriminer sur l'origine sociale d'un prénom, protesta mollement Descaribes sans que son intervention atténuât le tir de barrage.

Toute la frustration accumulée pendant des années, les vexations éditoriales, les impuissances de chacun, les livres inachevés, les rendez-vous manqués, les plafonds de verre, les souliers en plomb, les promesses auxquelles on avait cru, toute la sarabande des petites baffes, comprimée comme peut l'être l'amour-propre dans un destin sans relief, sortait maintenant en de robustes jets d'amertume, et pan ! sur le Kevin, et pan ! sur celui qui avait osé rire de leurs médiocrités, et pan ! sur le vilain petit canard qui n'avait jamais cherché à s'intégrer.

Maîtresse de cérémonie, danseuse anthropophage, Myriam ficelait le tableau dans de magnifiques anathèmes, sans oublier pour autant de frôler de son anatomie un Pierre Descaribes subjugué, emporté par le mouvement qu'il ne contrôlait plus.

En d'autres temps, sous d'autres latitudes, on l'aurait dépecé vivant et chacun se serait barbouillé de ses boyaux fumants. Les dieux, repus par ce sacrifice, auraient envoyé l'apaisement au groupe, qui aurait pu reprendre une existence plus tranquille. Ici, pour obtenir le même résultat, on réclama le badge magnétique de Kevin, qu'on cassa théâtralement en une multitude de morceaux, lui interdisant de facto de revenir le lendemain à la station.

Comme il ne réagissait pas et qu'il restait prostré alors qu'on aurait bien aimé le voir souffrir davantage, Myriam sortit un bâton de rouge, et, attrapant la cravate de Kevin de la main gauche, traça de l'autre les cinq lettres de son prénom au milieu du front.

Puis on se dépêcha de plier bagage – non seulement il était dix-neuf heures passées mais on se demanda confusément si on n'était pas allé un peu trop loin. Descaribes lui laissa même son mouchoir pour se débarbouiller, et dit, d'un ton conciliant :

– Allez, on en reparle dans quelques jours, quand les passions seront retombées. D'ici là, je vous mets en congé. Sans oublier la présomption d'innocence. Équité sociale. Dynamique de groupe.

À dix-neuf heures trente, il ne restait plus que Kevin, portant au front la marque de Caïn, déambulant atone dans des bureaux déserts. Au loin, dans les bocaux insonorisés, on enregistrait encore des émissions et quelques journalistes glissaient silencieusement, désordonnés et hors de portée, comme des bribes de conscience après un violent choc[1].

1. Le lieutenant de police a établi que la dernière personne à avoir vu Kevin ce soir-là était l'agent de nettoyage Solange R., qui venait passer l'aspirateur, vers vingt et une heures. Extraits de sa déposition : « Je lui ai dit bonsoir mais il semblait dans une autre dimension. Avait-il pris une substance comme ils le font souvent à la radio ? [Les analyses toxicologiques diront que non.] Je n'ai pas insisté et je le regrette aujourd'hui. Il a toujours été très gentil. »

La revanche de Kevin eut lieu le soir même.

Il attendit dans le bureau, recroquevillé sur une chaise à roulettes. Il se demanda ce qui avait cloché dans sa vie, et fut embêté par l'embarras du choix. Vers vingt-trois heures, il coupa son portable sans prendre la peine de rappeler Charlotte, inquiète de ne pas le voir à la maison.

Il chercha un téléphone fixe, en trouva un, rangé dans le bureau de Marie-Louise, et décliqua le cordon téléphonique, qu'il emporta avec lui.

Il ouvrit l'armoire à fournitures, sortit les boîtes et les ramettes qu'il aligna joliment sur une table, près de l'imprimante. Quand l'armoire fut vidée, il testa les crochets intérieurs, en haut, là où jadis on avait fixé une batterie d'ampoules.

Il nota qu'ils étaient solides et situés à une hauteur convenable. Il y attacha le cordon, bricola un nœud, puis il entra dans l'armoire et ferma la porte derrière lui.

Il pensa à Pradel avec reconnaissance et l'écrivain lui tendit une main fraternelle.

Avant de sauter dans le néant, il eut un vague regret, celui de ne pas pouvoir observer la tête de l'humanité quand elle le découvrirait, le lendemain. Venant à l'armoire comme à un pays de cocagne toujours disponible et voulant faire le plein de bics pour la rentrée scolaire de ses enfants, ce serait Pierre Descaribes lui-même qui aurait l'honneur de la mauvaise surprise.

Il ne se rata pas – faisant mentir la réputation des Kevin.

Achevé d'imprimer sur Roto-Page
en janvier 2015
par l'Imprimerie Floch à Mayenne
N° d'éditeur : 2434 – N° d'édition : 278469
N° d'imprimeur : 87876
Dépôt légal : février 2015

Imprimé en France